U0056899

瑞蘭國際

瑞蘭國際

瑞蘭國際

瑞蘭國際

SMART 스마트
商務旅遊韓語

從零開始，聽說讀寫一本通

黃慈嫺 著

作者序

願將愛、榮耀與感謝
全都獻上給聖三位

近年來，由於台灣與韓國間交流愈加頻繁，接觸到韓國文化、韓國人民及韓語的機會相對地也越來越多。目前台灣學習韓語的人數與日俱增，甚至呈現倍數成長，在突破發音的關卡進入會話的學習階段後，便能透過到韓國出差、觀光旅行、遊學等行程，在實戰場合中試試身手。

本書是作者透過前往韓國自由行及團體交流行程的諸多經驗中，針對以上的情境，整理出一定用得上的生活實用單字及句子。例如，在韓國想丟垃圾時，回收筒上不會有中文標識，且不一定會標示英文，加上若圖示脫落時，只能依靠自己讀出韓文字來辨認，因此，只要從本書前半部的發音學起，便能讀出這是玻璃瓶（유리병）還是塑膠類（프라스틱류）的回收筒；還有到韓國一定會安排的採買行程，書中有介紹如何讀懂常見的食物標示，包括品名、保存期限、產地及營養成份等，也整理羅列出美粧用品的中韓英文對照表。此外，舉凡用餐時想要外帶或內用、不敢或不想吃辣時可用韓文表示「我不要辣」、搭車時想詢問多久會到、住宿時可能遇到的各種難題等，相關內容均詳盡地收納於本書中。

其它章節亦有針對商務人士在職場上經常會用到的招呼語、電話用語、E-mail或卡片等書信相關用語及會話內容。

誠摯地向大家推薦這本既實用且內容相當豐富，也同時適合自學及教學使用的好書哦！

黃慈嫺

2014.7.28

如何使用本書

本書PART I《預備篇》，以簡單的7個基礎發音課程，開啟學習者對韓文字母的認識；接著PART II《會話篇》，以5個韓國商務旅遊的必備會話課程，幫助你應付在韓國出差旅遊期間的任何狀況。

PART I 예비편 預備篇

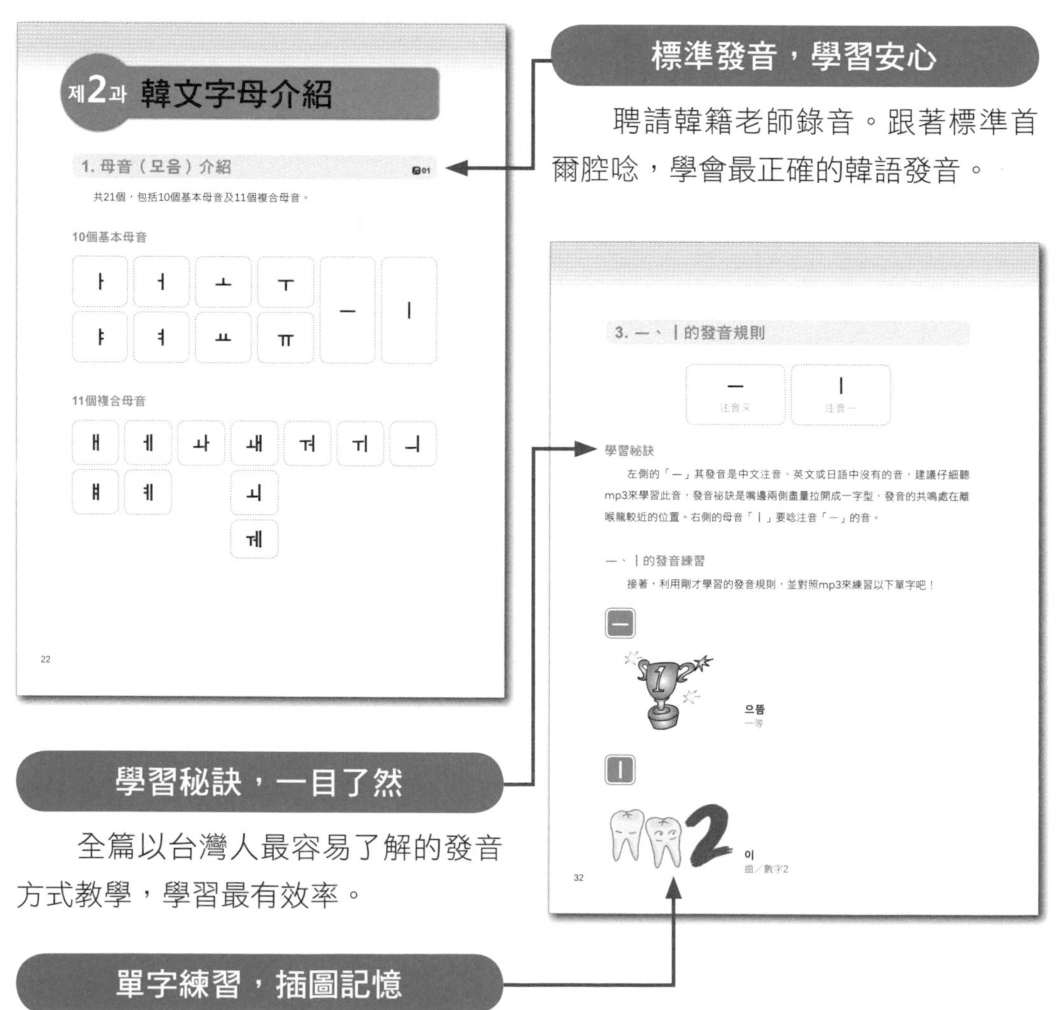

標準發音，學習安心

聘請韓籍老師錄音。跟著標準首爾腔唸，學會最正確的韓語發音。

學習秘訣，一目了然

全篇以台灣人最容易了解的發音方式教學，學習最有效率。

單字練習，插圖記憶

每學一個發音，馬上就有相關的商務旅遊單字可以練習。字母即時學習，單字即時練習，再搭配可愛插畫，讓你記憶更加深刻。

提供多元管道，善用學習資源

利用網路上最實用的韓語學習資源，不用花錢就可以輕鬆學會韓語。

제1과 線上字典／韓文文字結構／

線上字典使用方法及個別特色、功能介紹

Naver是韓國最大入口網站，進入首頁後，於偏左上角選項可看到「사전」（辭典），進入線上辭典後可見到如下圖所示，以下將介紹四種非常實用的字典之特色，從左至右依序有「영어/영영」（英韓／英英）、「국어」（韓語）、「한자」（漢字）及「중국어」（中韓）字典等。

韓語電腦鍵盤貼紙

貼心免費贈送韓語電腦鍵盤貼紙，讓你的韓語同步上線。

發音比較，絕無僅有

針對台灣學習者的困擾和盲點，精心整理出獨門學習密技，釐清容易混淆的發音，說出更道地的韓語。

豐富叮嚀，不怕遺漏

提醒各種單字與發音上的小技巧，連帶相關單字補充，讓你學習韓語得更充實。

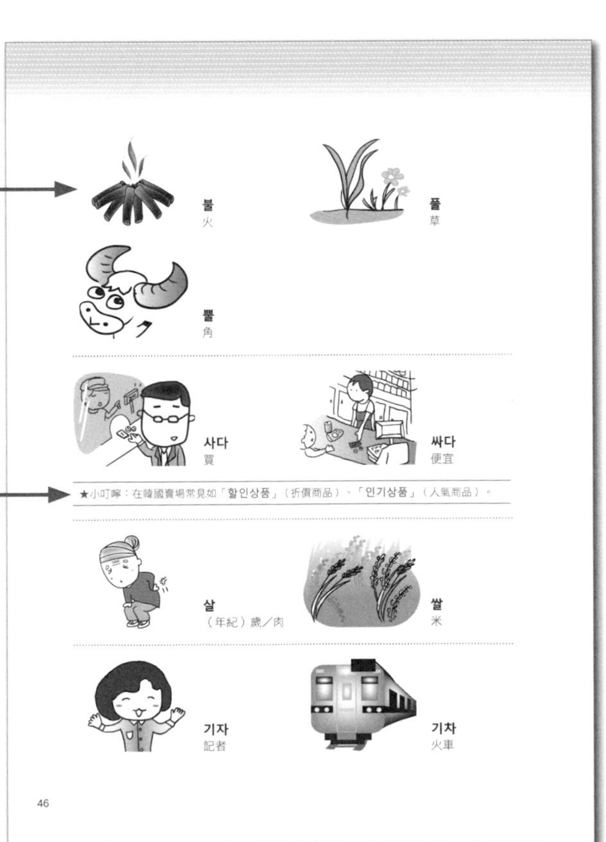

PART II 회화편 會話篇

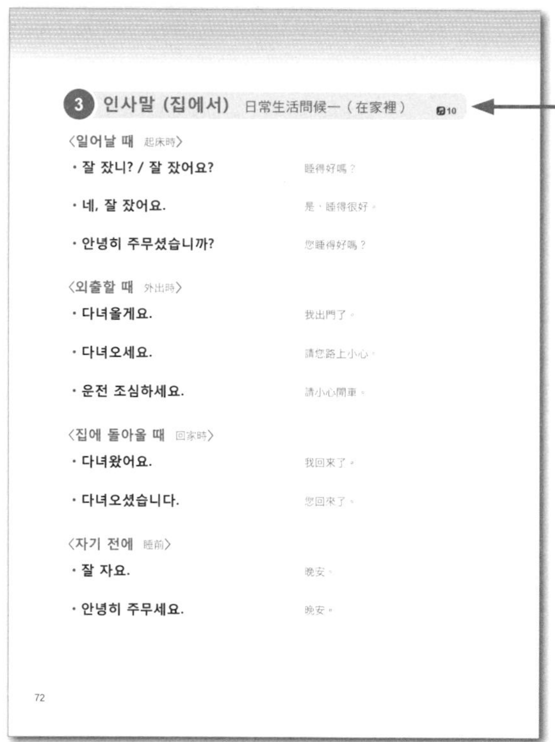

3 인사말 (집에서) 日常生活問候－（在家裡） 10

〈일어날 때 起床時〉

- 잘 잤니? / 잘 잤어요? 睡得好嗎？
- 네, 잘 잤어요. 是，睡得很好。
- 안녕히 주무셨습니까? 您睡得好嗎？

〈외출할 때 外出時〉

- 다녀올게요. 我出門了。
- 다녀오세요. 請您路上小心。
- 운전 조심하세요. 請小心開車。

〈집에 돌아올 때 回家時〉

- 다녀왔어요. 我回來了。
- 다녀오셨습니다. 您回來了。

〈자기 전에 睡前〉

- 잘 자요. 晚安。
- 안녕히 주무세요. 晚安。

72

實用會話，學完輕鬆遊韓國

教會你在韓國各式場合必用的基礎會話，讓開口零負擔，與韓國人零距離。

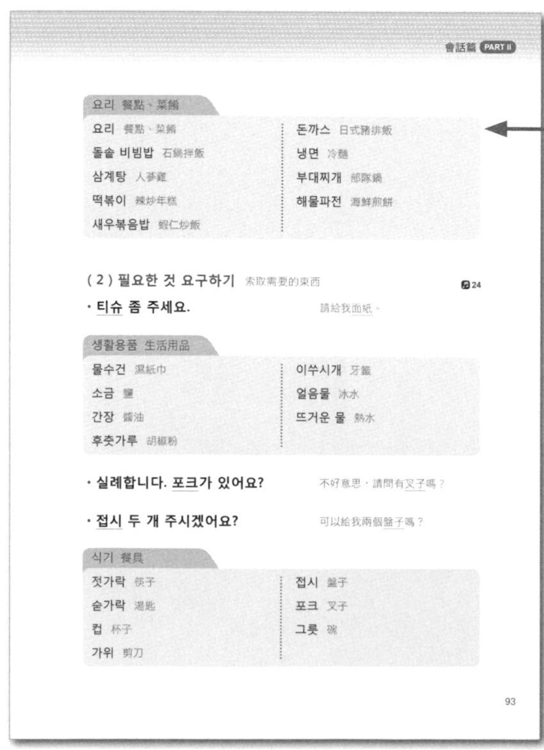

會話篇 PART II

요리 餐點、菜餚

요리 餐點、菜餚	돈까스 日式豬排飯
돌솥 비빔밥 石鍋拌飯	냉면 冷麵
삼계탕 人蔘雞	부대찌개 部隊鍋
떡볶이 辣炒年糕	해물파전 海鮮煎餅
새우볶음밥 蝦仁炒飯	

(2) 필요한 것 요구하기 索取需要的東西 24

- 티슈 좀 주세요. 請給我面紙。

생활용품 生活用品

물수건 濕紙巾	이쑤시개 牙籤
소금 鹽	얼음물 冰水
간장 醬油	뜨거운 물 熱水
후춧가루 胡椒粉	

- 실례합니다. 포크가 있어요? 不好意思，請問有叉子嗎？
- 접시 두 개 주시겠어요? 可以給我兩個盤子嗎？

식기 餐具

젓가락 筷子	접시 盤子
숟가락 湯匙	포크 叉子
컵 杯子	그릇 碗
가위 剪刀	

93

補充單字，會話零疏漏

依各種不同會話場景，教你學會必備的韓語單字，學習韓語沒有遺漏。

實境圖片，身歷其境

搭配韓國實境照片說明，宛如身歷其境，學習好輕鬆。

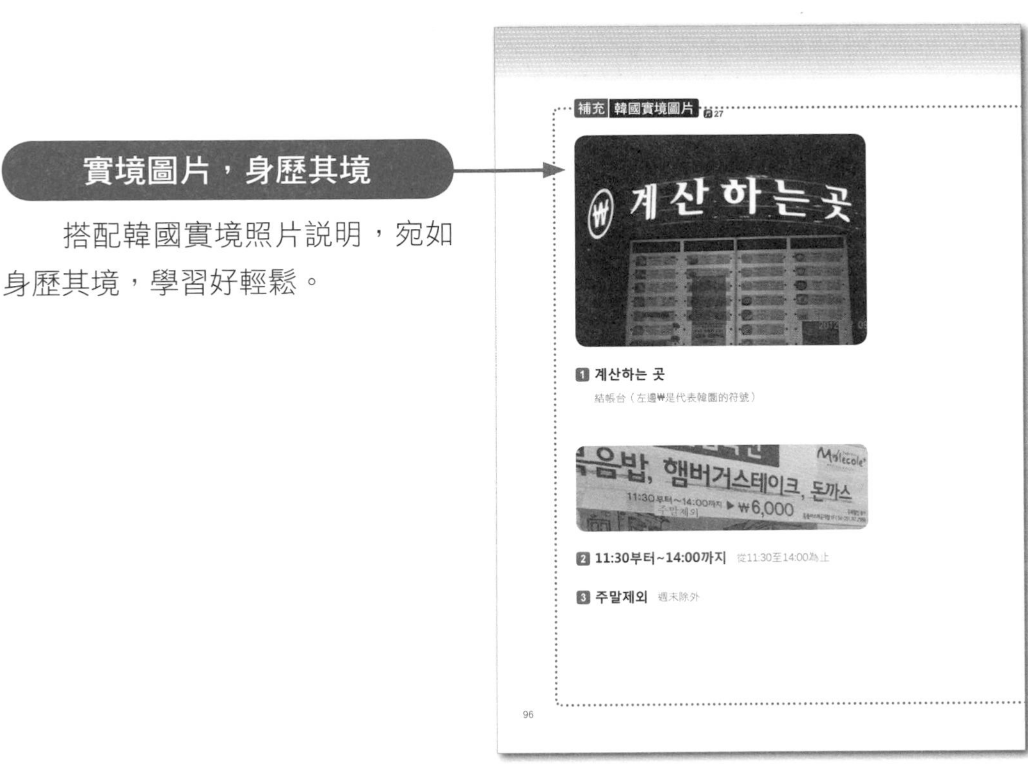

補充 韓國實境圖片 27

1 계산하는 곳

結帳台（左邊₩是代表韓圓的符號）

2 11:30부터~14:00까지 從11:30至14:00為止

3 주말제외 週末除外

96

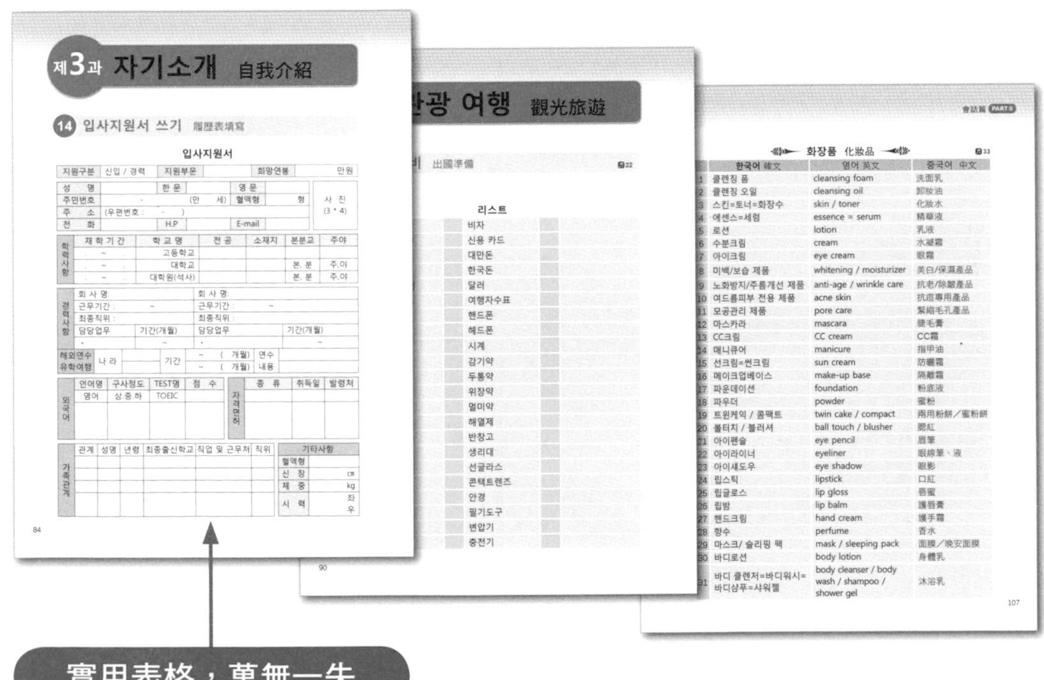

제3과 자기소개 自我介紹

14 입사지원서 쓰기 履歷表填寫

입사지원서

지원구분	신입 / 경력	지원부문		희망연봉	만원
성 명		한 문		영 문	
주민번호	- (만 세)	혈액형	형	사 진 (3 * 4)	
주 소	(우편번호 : -)				
전 화		H.P		E-mail	

학력사항	재학기간	학교명	전공	소재지	본분교	주야
	. ~ .	고등학교				
	. ~ .	대학교			본, 분	주,야
	. ~ .	대학원(석사)			본, 분	주,야

경력사항				
	회 사 명:		회 사 명:	
	근무기간 : ~		근무기간 : ~	
	최종직위 :		최종직위 :	
	담당업무	기간(개월)	담당업무	기간(개월)
	·	~	·	~

해외연수 유학여행	나 라		기간	~ (개월)	연수 내용	
				~ (개월)		

외국어	언어명	구사정도	TEST명	점 수
	영어	상.중.하	TOEIC	

자격면허	종 류	취득일	발령처

가족관계	관계	성명	년령	최종출신학교	직업 및 근무처	직위

기타사항	
혈액형	
신 장	cm
체 중	kg
시 력	좌 우

84

관광 여행 觀光旅遊

出國準備 22

리스트

비자
신용 카드
대만돈
한국돈
달러
여행자수표
핸드폰
헤드폰
시계
감기약
두통약
위장약
멀미약
해열제
반창고
생리대
선글라스
콘택트렌즈
안경
필기도구
변압기
충전기

90

會話篇 PART II

화장품 化妝品 33

	한국어 韓文	영어 英文	중국어 中文
1	클렌징 폼	cleansing foam	洗面乳
2	클렌징 오일	cleansing oil	卸妝油
3	스킨=토너=화장수	skin / toner	化妝水
4	에센스=세럼	essence = serum	精華液
5	로션	lotion	乳液
6	수분크림	cream	水凝霜
7	아이크림	eye cream	眼霜
8	미백/보습 제품	whitening / moisturizer	美白/保濕產品
9	노화방지/주름개선 제품	anti-age / wrinkle care	抗老/除皺產品
10	여드름피부 전용 제품	acne skin	抗痘專用產品
11	모공관리 제품	pore care	緊縮毛孔產品
12	마스카라	mascara	睫毛膏
13	CC크림	CC cream	CC霜
14	매니큐어	manicure	指甲油
15	선크림=썬크림	sun cream	防曬霜
16	메이크업베이스	make-up base	隔離霜
17	파운데이션	foundation	粉底液
18	파우더	powder	蜜粉
19	트윈케익 / 콤팩트	twin cake / compact	兩用粉餅／蜜粉餅
20	볼터치 / 블러셔	ball touch / blusher	腮紅
21	아이펜슬	eye pencil	眉筆
22	아이라이너	eyeliner	眼線筆、液
23	아이섀도우	eye shadow	眼影
24	립스틱	lipstick	口紅
25	립글로스	lip gloss	唇蜜
26	립밤	lip balm	護唇膏
27	핸드크림	hand cream	護手霜
28	향수	perfume	香水
29	마스크/ 슬리핑 팩	mask / sleeping pack	面膜／晚安面膜
30	바디로션	body lotion	身體乳
31	바디 클렌저=바디워시=바디샴푸=샤워젤	body cleanser / body wash / shampoo / shower gel	沐浴乳

107

實用表格，萬無一失

實用又多樣的商務旅遊表格，包含履歷表、行李清單，既可當作行前確認，還能學習多元的韓文。

目錄

PART I
예비편 預備篇

제1과 線上字典／韓文文字結構／韓文輸入法／查詢韓文姓名

1. 線上字典使用方法及個別特色、功能介紹
2. 韓文字母文字結構
3. 設定韓文輸入法
4. 韓文輸入法鍵盤
5. 查詢韓文姓名

제2과 韓文字母介紹

제3과 基本母音

제4과 子音「ㄱ ㅋ ㄲ」、「ㄷ ㅌ ㄸ」及「ㅂ ㅍ ㅃ」

제5과 子音「ㅈ ㅊ ㅉ」及「ㅅ ㅆ」

제6과 子音「ㄴ、ㄹ、ㅁ、ㅇ」及「ㅎ」

제7과 複合母音

제8과 尾音

제 1 과 線上字典／韓文文字結構／

線上字典使用方法及個別特色、功能介紹

Naver是韓國最大入口網站，進入首頁後，於偏左上角選項可看到「사전」（辭典），進入線上辭典後可見到如下圖所示，以下將介紹四種非常實用的字典之特色，從左至右依序有「영어/영영」（英韓／英英）、「국어」（韓語）、「한자」（漢字）及「중국어」（中韓）字典等。

韓文輸入法／查詢韓文姓名

1. 英韓／英英（영어/영영）字典

可輸入英文或韓文並按下「검색」（檢索）進行查詢，若單字旁邊有喇叭圖案，點下皆是以英文發音。

例如當輸入英文「computer」時，會出現如下顯示：

當輸入韓文「컴퓨터」時，會出現如下顯示：

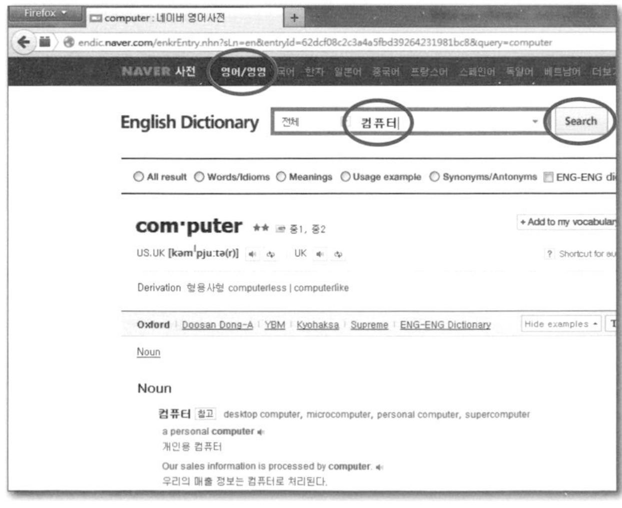

2. 韓語（국어）字典

可輸入中文、英文或韓文進行查詢，若單字旁邊有喇叭圖案，點下以後皆是以韓文發音（建議常使用此功能學習並確認發音）。

例如當輸入韓文「한국어」時，會出現如下顯示：

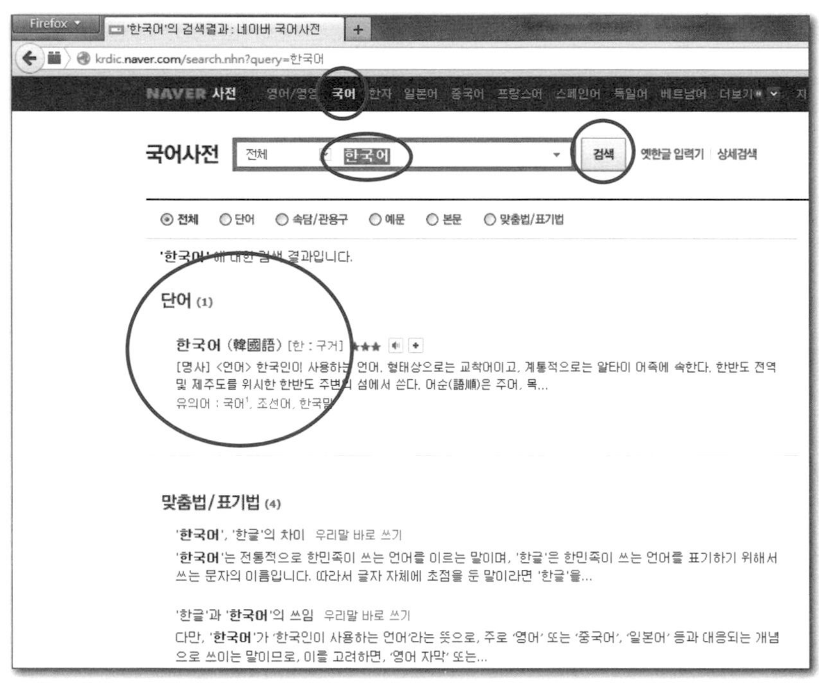

3. 漢字（한자）字典

可輸入中文或韓文查詢該韓文字詞是否有互相對照的漢字，透過背誦韓文對照的漢字，對記誦單字詞彙是相當有幫助的。

例如當輸入韓文「화장실」時，會出現如下示：

經查詢後我們知道韓文「실」對照「室」這個漢字，可同時背誦以下與「실」相關的詞彙，如：교「실」（教「室」）、「실」내（「室」內）及「실」장（「室」長）等。還有像韓文「화」對照中文「化」這個漢字，同時可學習미「화」（美「化」）、「화」학（「化」學）及변「화」（變「化」）等。

4. 中韓（중국어）字典

可輸入中文或韓文進行查詢，若單字旁邊有喇叭圖案，點下以後皆是以中文發音。此一功能特色在於有詳細中文解說，若輸入韓文句子時，它能拆解成個別單字來進行說明。

例如當輸入韓文句子「만나서 반갑습니다」時，會出現如下顯示：

從查詢結果可得知整句的翻譯，此外還能學習韓文「만나다」是「碰到、遇到」的意思，而「반갑다」是「高興、喜悅」的意思。瞭解線上字典的個別特色及功能後，請各位一定要多多使用哦！

韓文字母文字結構

學習祕訣

1.每個由韓文字母組成的韓文字皆由子音（자음）起首。

2.書寫順序由左而右、由上而下。

3.組成結構可分為兩類：

結構	例子
子音加母音	가（子音ㄱ加母音ㅏ） 왜（子音ㅇ加複合母音ㅙ）
子音加母音加尾音	랑（子音ㄹ加母音ㅏ加收尾音ㅇ） 괜（子音ㄱ加複合母音ㅙ加收尾音ㄴ） 삶（子音ㅅ加母音ㅏ加收尾音ㄻ）

設定韓文輸入法

設定順序：設定→控制台→地區及語言選項→語言→詳細資料→設定→新增→輸入語言（選韓文）→套用→確定

設定之後，電腦頁面右下方輸入法會出現如下圖所示，在KO前打勾，即可進行韓文打字輸入。

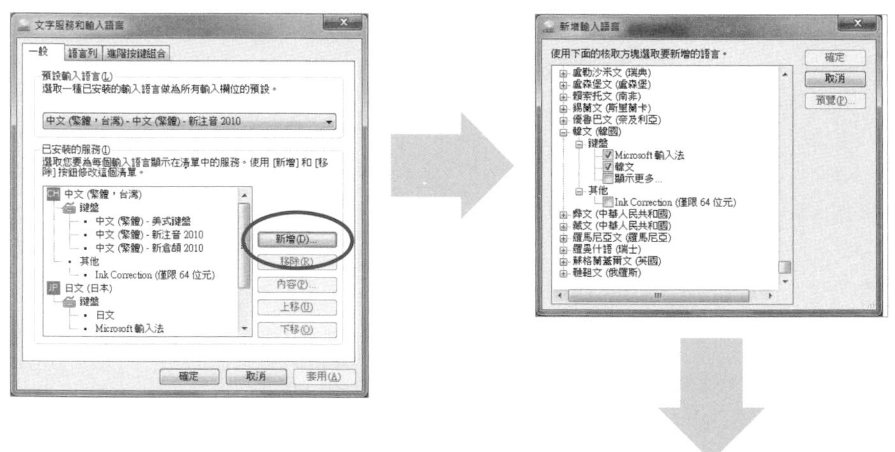

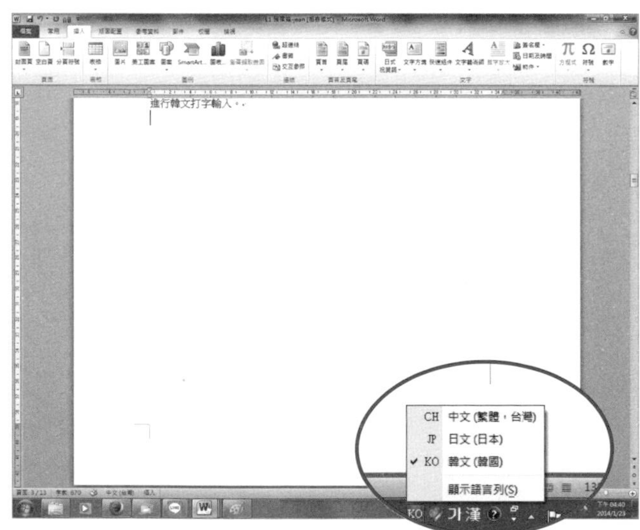

韓文輸入法鍵盤

1. 鍵盤右半部為母音，左半部為子音，可用英打鍵盤來區分左右，即包含鍵盤 Y 、H 及 B 的右半邊皆為母音，左半邊則為子音。

2. 同一按鍵上若有兩個子音或母音，按 shift 加上該鍵可打出其上方的子音或母音。例如直接按 R 鍵，在韓文輸入法下會打出「ㄱ」，若按 shift 加 R 鍵則會打出「ㄲ」。

查詢韓文姓名 http://www.zonmal.com/

請將中文姓名輸入於下圖紅色框位置，並按下「검색」（檢索）即可。

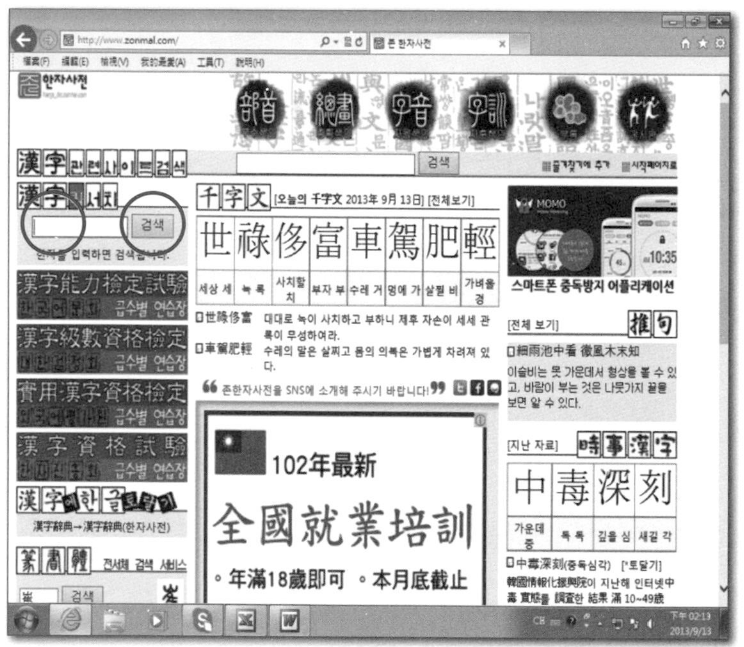

例如在查詢欄位輸入姓名「黃金」（圖1）並按下檢索後，會出現如下所示，從查詢結果得知黃金的韓文唸作「**황금**」（圖2）。

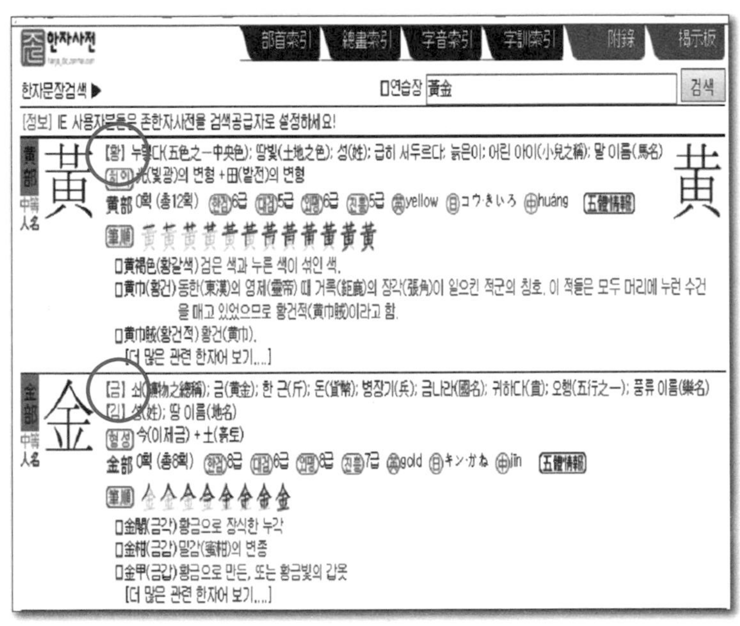

제2과 韓文字母介紹

1. 母音（모음）介紹

01

共21個，包括10個基本母音及11個複合母音。

10個基本母音

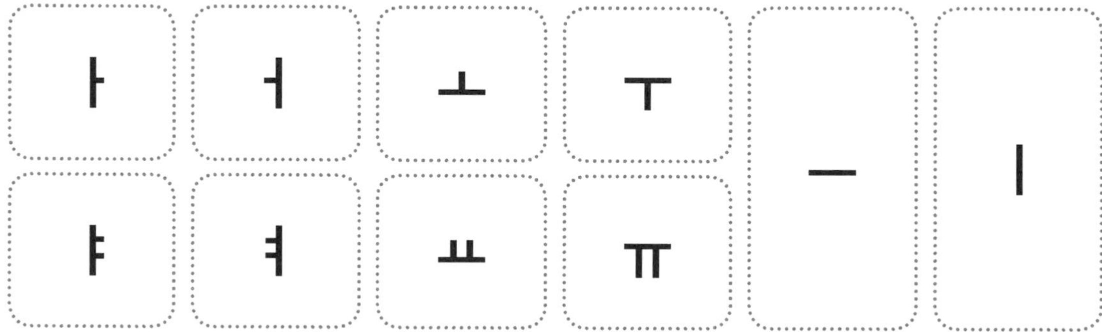

11個複合母音

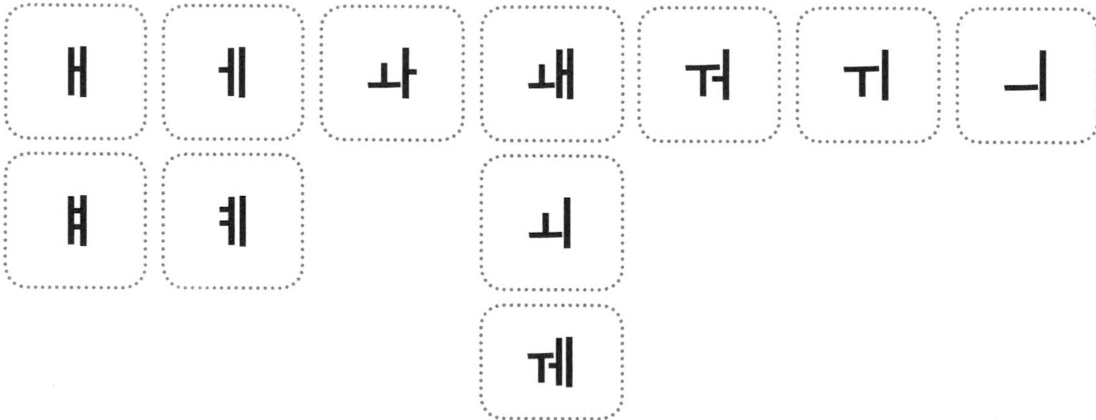

2. 子音（자음）介紹

共19個，包括單子音（14個）及雙子音（5個）。

14個單子音：ㄱ ㄴ ㄷ ㄹ ㅁ ㅂ ㅅ ㅇ ㅈ ㅊ ㅋ ㅌ ㅍ ㅎ

5個雙子音：ㄲ ㄸ ㅃ ㅆ ㅉ

子音的稱呼

자음	ㄱ	ㄴ	ㄷ	ㄹ	ㅁ
이름	기역	니은	디귿	리을	미음
자음	ㅂ	ㅅ	ㅇ	ㅈ	
이름	비읍	시옷	이응	지읒	
자음	ㅊ	ㅋ	ㅌ	ㅍ	ㅎ
이름	치읓	키읔	티읕	피읖	히읗
자음	ㄲ	ㄸ	ㅃ	ㅆ	ㅉ
이름	쌍기역	쌍디귿	쌍비읍	쌍시옷	쌍지읒

學習祕訣

韓文字母中母音的稱呼及發音是相同的，亦即母音「ㅏ」我們稱呼它時叫注音「ㄚ」，其發音也是注音「ㄚ」。

然而，子音則個別有其稱呼及發音方式。「이름」是「姓名」的意思，當稱呼每個不同的子音時，會唸其姓名。請參照mp3來學習其唸法！

3. 5組字型及發音相關聯的子音

接著，根據發音的特性可將所有子音分為2大類：常以低音（近似中文的注音的二、三聲）或高重音（近似中文的一、四聲）聲調發音及無特別聲調分別等子音。

ㄱ	ㄷ	ㅂ	ㅈ	ㅅ	近似中文的注音的二、三聲調
ㅋ	ㅌ	ㅍ	ㅊ		近似中文的一、四聲調
ㄲ	ㄸ	ㅃ	ㅉ	ㅆ	

學習祕訣

請利用上頁表格，正確且快速地學會發音！

聲調說明：

（1）在讀「ㄱ、ㄷ、ㅂ、ㅈ」與「ㅅ」時，發音時多唸接近中文注音的二、三聲調。

（2）「ㅋ、ㅌ、ㅍ」與「ㅊ」及「ㄲ、ㄸ、ㅃ、ㅉ」與「ㅆ」則大多發近似中文注音一或四聲調。

基本上，讀高音或重音與說話者當時所處的情境、欲表達之情緒、疑問或肯定之語氣等相關。作為疑問結尾時，通常會發類似中文注音「一聲調」，例如，「갈까?」中文意思為「要去嗎？」，其中的「까」發近似注音「ㄍㄚ」的音。

此外，子音中「ㄴ、ㄹ、ㅁ、ㅇ」及「ㅎ」則沒有特定的聲調。

MEMO

제3과 基本母音

1. ㅏ、ㅑ、ㅓ、ㅕ的發音規則

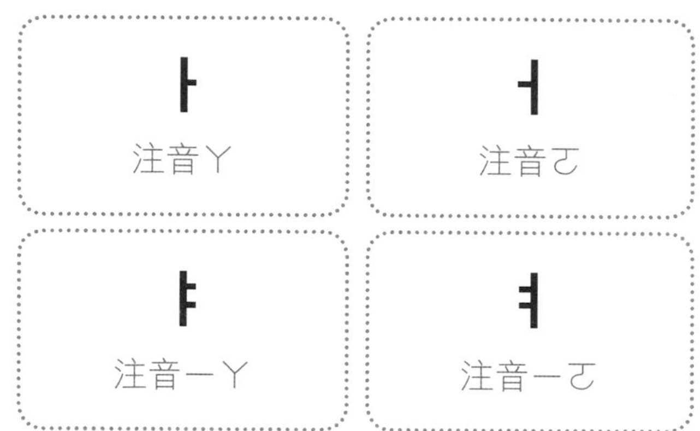

學習祕訣

聲調説明：

（1）以上4個母音皆是口型張大發出的音。

（2）記憶時，建議選擇以「ㅏ」（唸注音ㄚ）為基準，比其多一筆劃者為「ㅑ」（唸注音ㄧㄚ）；字形與其方向相對者為「ㅓ」（唸注音ㄛ），而多一筆劃則為「ㅕ」（唸注音ㄧㄛ）。

ㅏ、ㅑ、ㅓ、ㅕ的發音練習

♫02

接著，利用剛才學習的發音規則，並對照mp3來練習以下單字吧！

아이디

（身分證明）帳號ID

아이디어

主意／點子／idea

★小叮嚀：子音「ㅇ」在字首時不發音。如「아」唸作注音「ㄚ」的音。

야구

棒球

야식

宵夜

어서

快點

★小叮嚀：韓國店員招呼客人進入店內時，會說「어서 오세요」，韓文原意是「請快進來」，引申為「歡迎光臨」之意。

여름

夏天

여자

女子

★小叮嚀：韓文「여자」為「女子」之意，「여자화장실」為「女廁」，而「남자화장실」則為「男廁」。

2. ㅗ、ㅛ、ㅜ、ㅠ的發音規則

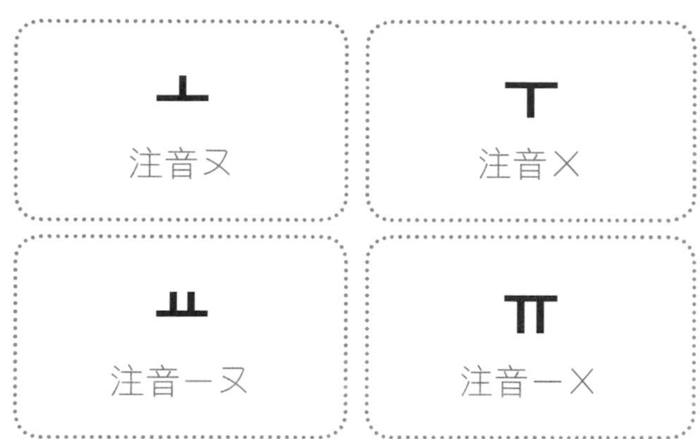

ㅗ
注音ㄡ
ㅜ
注音ㄨ
ㅛ
注音ㄧㄡ
ㅠ
注音ㄧㄨ

學習祕訣

（1）以上四個母音皆是嘴邊肌肉緊縮所發出的音，可以想像在口中含一顆小鐵蛋，且不能讓它掉出的情況來進行發聲練習。

（2）記憶時，建議選擇以「ㅗ」（唸注音ㄡ）為基準，比其多一筆劃者為「ㅛ」（唸注音ㄧㄡ）；而字形與其方向相對者為「ㅜ」（唸注音ㄨ），多一筆劃者為「ㅠ」（唸注音ㄧㄨ）。

ㅗ、ㅛ、ㅜ、ㅠ的發音練習

接著，利用剛才學習的發音規則，並對照mp3來練習以下單字吧！

오

數字5

요가

瑜珈

우유

牛奶

★小叮嚀：韓國當地有推出各種口味的牛奶，除大家熟知的「바나나우유」為「香蕉牛奶」，以及「딸기우유」為「草莓牛奶」，還有「야채우유」為「蔬菜牛奶」。其瓶身上還可學習幾個常見字彙：저지방（低脂）、비타민C（維他命C）。

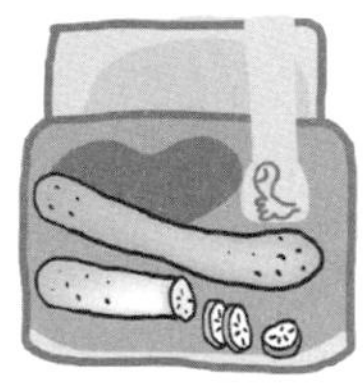
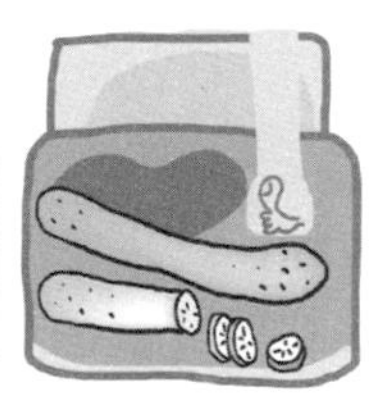

유기농
有機

★小叮嚀：現代人越來越注重養生觀念，有機食品亦更被重視和喜愛。如「유기농딸기잼」即「有機草莓醬」之意。

해바라기씨유
葵花籽油

★小叮嚀：「포토씨유」是「葡萄籽油」及「아마씨유」是「亞麻籽油」。此外，商品包裝上也可學習幾個實用字彙，如下：

제품정보 產品資訊	영양성분 營養成份
제품명 產品名稱	열량 熱量
유통기한 保存期限	탄수화물 碳水化合物
내용량 容量	단백질 蛋白質
원재료명 및 함량 原料名稱及含量	지방 脂肪
원산지 原產地	트랜스지방 反式脂肪

3. ㅡ、ㅣ的發音規則

學習祕訣

左側的「ㅡ」其發音是中文注音、英文或日語中沒有的音，建議仔細聽mp3來學習此音，發音祕訣是嘴邊兩側盡量拉開成一字型，發音的共鳴處在離喉嚨較近的位置。右側的母音「ㅣ」要唸注音「ㄧ」的音。

ㅡ、ㅣ的發音練習

接著，利用剛才學習的發音規則，並對照mp3來練習以下單字吧！

ㅡ

으뜸
一等

ㅣ

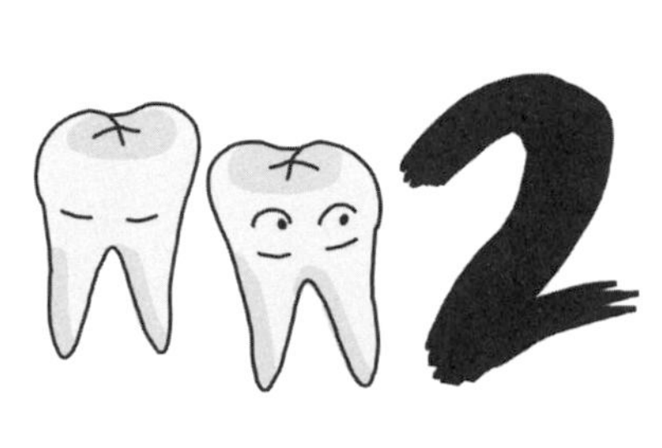

이
齒／數字2

MEMO

제4과 子音「ㄱㅋㄲ」、「ㄷㅌㄸ」及「ㅂㅍㅃ」

1. 子音ㄱ、ㅋ、ㄲ的發音規則

ㄱ	ㅋ	ㄲ
注音ㄎ或ㄍ	注音ㄎ	注音ㄍ

「ㄱ」在韓文字彙中作為起首的子音時唸注音「ㄎ」的音，作為非作為起首的子音時，一律發注音「ㄍ」的音。「ㅋ」不分位置，一律發注音「ㄎ」的音。「ㄲ」則一律發注音「ㄍ」的音。

ㄱ、ㅋ、ㄲ的發音練習

03

接著，請利用以上學習的發音規則，跟著mp3朗讀看看以下的單字吧！

구
數字9

배구
排球

카카오톡

Kakao Talk

（在韓國最常使用的通訊app軟體，與Line相似）

카드

卡片

★小叮嚀：現代流行略語「카톡친추」，是「카카오톡 친구추가」的縮略語，「카톡 친추해요!」為「請把我加入好友」之意。此外FB的韓文為「페이스북」，其縮略語則為「페북」，想交換FB帳號時可說「페북 친추해요!」。

깨죽

芝麻糊

★小叮嚀：「깨」是芝麻，「죽」是粥的意思。再多學幾個：「해물죽」是「海鮮粥」、考生必吃的「불낙죽」是「不落粥」（含「불고기」（烤肉）及「낙지」（章魚）的粥，各取其第一個韓文字組成「不落」之意）。

2. ㄷ、ㅌ、ㄸ的發音規則

以上的兩組子音，發音規則皆與「ㄱ、ㅋ」與「ㄲ」邏輯相同！

「ㄷ」在韓文字彙中作為起首的子音時發注音「ㄊ」的音，作為非起首的子音時發注音「ㄉ」的音。「ㅌ」不分位置，一律發注音「ㄊ」的音。「ㄸ」則一律發注音「ㄉ」的音。

ㄷ、ㅌ、ㄸ的發音練習

接著，我們再利用剛才學習的規則，跟著mp3來練習以下單字吧！

구두

皮鞋、口頭

★小叮嚀：「구두」另有「口頭」的意思，因此，「구두시험」為「口試」之意。

대상

大獎

★小叮嚀：我們來學習與獎項相關的單字，如「대상」（大獎）、「금상」（金獎）、「은상」（銀獎）及「동상」（銅獎）等。

토마토

蕃茄

땀

汗

3. ㅂ、ㅍ、ㅃ的發音規則

ㅂ	ㅍ	ㅃ
注音ㄆ或ㄅ	注音ㄆ	注音ㄅ

「ㅂ」在一韓文字彙中作為起首的子音時發注音「ㄆ」的音，不是在首位時一律發注音「ㄅ」的音。「ㅍ」不分位置，一律發注音「ㄆ」的音。「ㅃ」則一律發注音「ㄅ」的音。

ㅂ、ㅍ、ㅃ的發音練習

接著，我們再利用剛才學習的規則，跟著mp3來練習以下單字吧！

비빔냉면
拌冷麵

★小叮嚀：「비빔」是指用「拌」的方式製作之食品，例如「비빔국수」是「拌麵」、「비빔밥」是「拌飯」。

비밀번호
密碼

파이팅

加油／fighting

★小叮嚀：打氣加油時可喊「아자 아자 파이팅!」

아빠

父親

★小叮嚀：「부자 아빠」（富爸爸）和「가난한 아빠」（窮爸爸）。

제 5 과 子音「ㅈㅊㅉ」、「ㅅㅆ」與比較練習

1. ㅈ、ㅊ、ㅉ的發音規則

ㅈ	ㅊ	ㅉ
注音ㄘ或ㄗ	注音ㄘ	注音ㄗ

「ㅈ」在韓文字彙中作為起首的子音時發注音「ㄘ」的音，不是在首位時一律發注音「ㄗ」的音。「ㅊ」不分位置，一律發注音「ㄘ」的音。「ㅉ」則一律發注音「ㄗ」的音。要特別留意的是「지」讀注音「ㄐㄧˇ」的音、「치」讀注音「ㄑㄧ」的音，而「찌」則發注音「ㄐㄧ」的音。

ㅈ、ㅊ、ㅉ的發音練習

04

接著，請利用以上的學習發音規則，跟著mp3朗讀看看吧！

지하철
地鐵

치약

牙膏

짜장면

酢醬麵

★小叮嚀：在韓國4月14日又叫做「짜장면데이」，即酢醬麵之日，商家鼓勵單身者可到店內用餐，能享受優惠折扣，也能有機會結交新朋友。

2. ㅅ、ㅆ的發音規則

「ㅅ」與「ㅆ」不分位置皆發注音「ㄙ」或「ㄒ」的音。

ㅅ、ㅆ的發音練習

接著，請利用以上的學習發音規則，跟著mp3朗讀看看吧！

서비스
服務／service

쌤
老師

★小叮嚀：「쌤」為「선생님」的簡略寫法。

3. 比較練習

기
旗

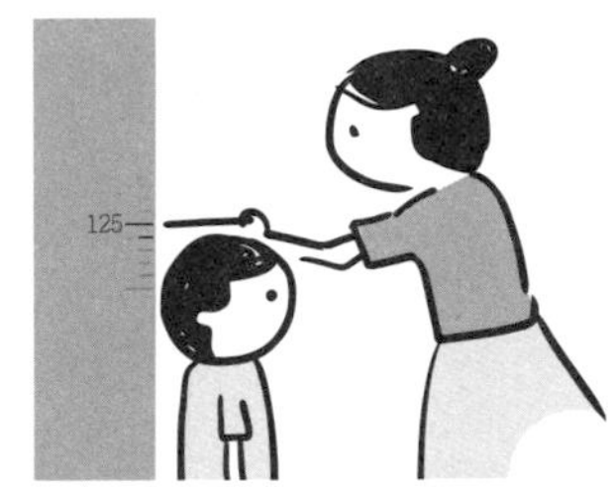

키
身高／鑰匙key

그림
圖畫

크림
面霜cream

굴
牡蠣

쿨
cool／酷

꿀
蜂蜜

동
東（方）

통
桶／筒

똥
屎

도끼
斧

토끼
兔

달
月

탈
面具

딸
女兒

비
雨

피
血

커피
coffee／咖啡

코피
鼻血

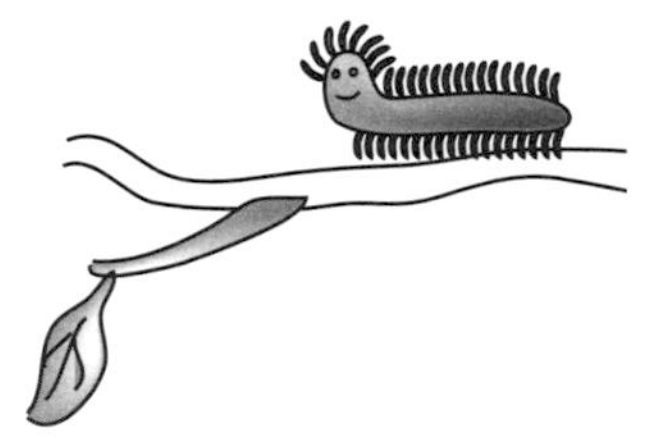

발
腳

빨리
快點

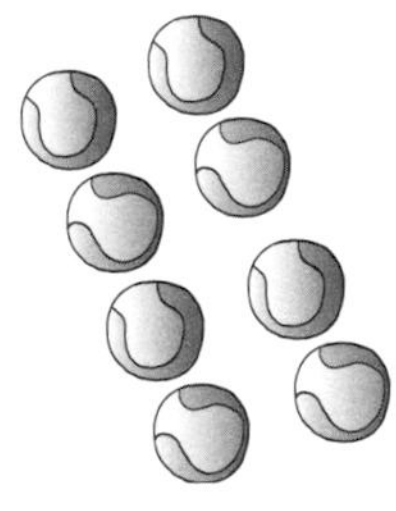

팔
手臂／8

불
火

풀
草

뿔
角

사다
買

싸다
便宜

★小叮嚀：在韓國賣場常見如「할인상품」（折價商品）、「인기상품」（人氣商品）。

살
（年紀）歲／肉

쌀
米

기자
記者

기차
火車

자다
睡覺

차다
踢（球）

짜다
鹹

★小叮嚀：在韓國用餐時，若看見餐具外包裝上寫著「손님이 짜다면 짜다」，其中「손님」是「顧客」，整句意思是說「若顧客說鹹就是鹹」，有「顧客至上」之意。

제6과 子音「ㄴ、ㄹ、ㅁ、ㅇ」及「ㅎ」

ㄴ、ㄹ、ㅁ、ㅇ及ㅎ的發音規則

ㄴ	ㄹ	ㅁ	ㅇ	ㅎ
注音ㄋ	注音ㄌ	注音ㄇ		注音ㄏ

子音中「ㄴ、ㄹ、ㅁ、ㅇ」及「ㅎ」沒有特定的聲調。其發音規則如下：

（一）當韓文字的字首時，

1. 「ㄴ」發注音「ㄋ」的音
2. 「ㄹ」發注音「ㄌ」的音
3. 「ㅁ」發注音「ㄇ」的音
4. 「ㅎ」發注音「ㄏ」的音
5. 而「ㅇ」在字首不發音

（二）當尾音時的發音方式，留著待接下來在尾音的篇章會完整介紹。

ㄴ、ㄹ、ㅁ、ㅇ及ㅎ的發音練習

05

接著，請利用剛才學習的發音規則，跟著mp3來練習以下的單字吧！

공

球／數字0

충전

充電／儲值

★小叮嚀：在韓國如要儲值T-money卡時，可說「충전해 주세요」，是「請幫我儲值」的意思。

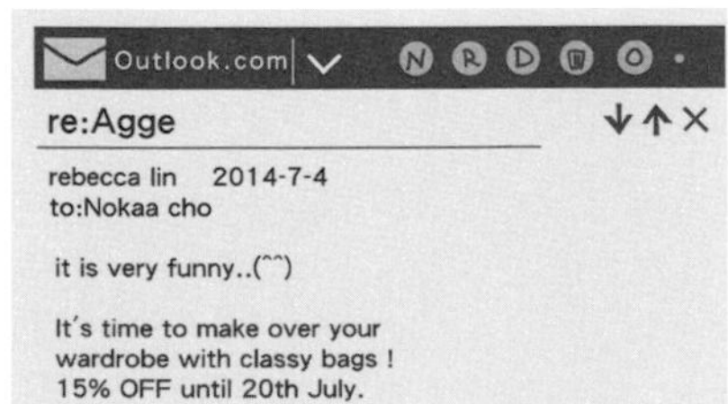

메일

郵件／mail

열매

果實

올림

（某某人）謹上

현미밥

玄米飯

MEMO

寫寫看 子音＋母音練習

練習把子音和母音拼寫在一起，熟習韓文的字型吧！

	ㄱ	ㄴ	ㄷ	ㄹ	ㅁ	ㅂ	ㅅ	ㅇ	ㅈ
ㅏ									
ㅑ									
ㅓ									
ㅕ									
ㅗ									
ㅛ									
ㅜ									
ㅠ									
ㅡ									
ㅣ									

ㅊ	ㅋ	ㅌ	ㅍ	ㅎ	ㄲ	ㄸ	ㅃ	ㅆ	ㅉ

제 7 과 複合母音

1. ㅐ、ㅒ、ㅔ、ㅖ的發音規則

ㅐ 注音ㄟ	ㅔ 注音ㄝ
ㅒ 注音一ㄟ	ㅖ 注音一ㄝ

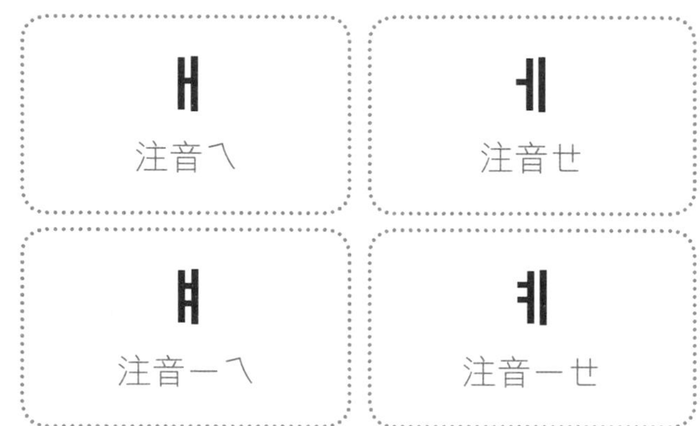

學習祕訣

「ㅐ」（唸注音「ㄟ」）與「ㅒ」（唸注音「一ㄟ」）皆為嘴型往兩側拉開時發出的音；而「ㅔ」（唸注音「ㄝ」發的音）與「ㅖ」（唸注音「一ㄝ」）則為嘴型相對較小時發出的音。

ㅐ、ㅒ、ㅔ、ㅖ的發音練習

06

接著，馬上利用剛才學習的發音規則，並對照mp3來練習以下單字吧！

ㅐ

새해
新年

★小叮嚀：韓國也過農曆新年，過節時會說「새해 복 많이 받으세요!」其中「복」是「福」的意思、「많이」是「多多地」、而「받으세요」是「請得到」，所以整句字面上意思是「新年請多多地得到福氣」，引申為「新年快樂」之意。

세일
（降價）銷售／sale

예의
禮儀

★小叮嚀：一般打招呼時可分為「가벼운 인사」（約15度微微點頭致意）、「보통의 인사」（約呈30度角鞠躬）或者「정중한 인사」（呈45度角低頭鞠躬致敬）等。

2. ㅘ的發音規則

ㅘ

注音ㄨㄚ

（1）「ㅘ」（唸注音「ㄨㄚ」）為母音「ㅗ」與「ㅏ」結合發出的音。

（2）請特別注意！！！由於中文注音的拚法為「ㄨㄚ」，韓文易誤寫成母音「ㅜ」和「ㅏ」的結合字「ㅜㅏ」，但事實上韓文中並無此字哦。

ㅘ的發音練習

接著，馬上利用剛才學習的發音規則，並對照mp3來練習以下單字吧！

과일

水果

3. ㅙ、ㅚ、ㅞ的發音規則

ㅙ	ㅚ	ㅞ
注音ㄨㄟ	注音ㄨㄟ	注音ㄨㄟ

皆唸作注音似「ㄨㄟ」的音，從左到右嘴型由大至小。事實上，由於每人說話時的嘴型大小皆不盡相同，在聽韓文時也必須搭配背誦單字，方能分辨出是指哪一個字母所拼出的字。

ㅙ、ㅚ、ㅞ的發音練習

接著，利用剛才學習的發音規則，並對照mp3來練習以下單字吧！

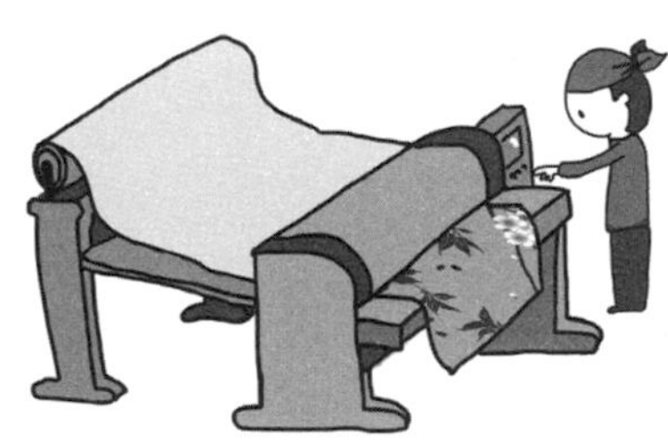

인쇄
印刷

회원
會員

웹 사이트

網站

4. ㅝ、ㅟ的發音規則

ㅝ	ㅟ
注音ㄨㄛ	注音ㄨㄧ

「ㅝ」為母音「ㅜ」與「ㅓ」結合的音，唸注音「ㄨㄛ」；「ㅟ」為母音「ㅜ」與「ㅣ」結合的音，讀音似英文的「We（我們）」。

ㅝ、ㅟ的發音練習

接著，利用剛才學習的發音規則，並對照mp3來練習以下單字吧！

디지털워
數位戰爭／digital war

위키백과
維基百科

5. ㅢ的發音規則

ㅢ

ㅢ共有三種發音。

（1）在一個字彙中作為起首時，且與子音「ㅇ」組合時（即「의」）唸母音「ㅡ」與「ㅣ」結合的音（請聽mp3並跟著朗讀）。

（2）當所有格「的」時，「의」唸注音「ㄝ」的音。

（3）不屬於以上規則範圍者，皆簡化唸中文注音「ㄧ」的音。

ㅢ的發音練習

接著，利用剛才學習的發音規則，並對照mp3來練習以下單字吧！

의의 길

義的道路

직장인의 하루

上班族的一天

무늬

花紋

생명의 의의

生命的意義

제8과 尾音

1. 尾音發音規則

韓文字母中只有上方右邊「글자」（文字）欄位中的27個字母是可以當尾音使用的。而這27個字母歸納整理後僅有左列「음가」（音值）7種發音方式。

尾音表

음가	글자						
ㄱ	ㄱ	ㅋ	ㄲ	ㄳ	ㄺ		
ㄴ	ㄴ	ㄵ	ㄶ				
ㄷ	ㄷ	ㅌ	ㅅ	ㅆ	ㅈ	ㅊ	ㅎ
ㄹ	ㄹ	ㄼ	ㄽ	ㄾ	ㅀ		
ㅁ	ㅁ	ㄻ					
ㅂ	ㅂ	ㅍ	ㄿ	ㅄ			
ㅇ	ㅇ						

尾音的發音練習

07

以下請搭配mp3學習如何使用上一頁的尾音表吧！

原型	唸法	요型	唸法
싫다	실타	싫어요	시러요

（1）「싫다」意思是「不喜歡的」。

（2）查表後，「ㅀ」發「ㄹ」的音，而「ㅎ」遇到「ㄷ」，會使「ㄷ」改發「ㅌ」的音，因此「싫다」的正確唸法為「실타」。

（3）說話或寫文章時，表達禮貌的語尾是「요」型，即「싫어요」。其發音規則的優先順序是，先看到「어」的「ㅇ」不發音，前一個字如果有尾音要取代「ㅇ」，然而當「ㅎ」遇到「ㅇ」時不發音，改由「ㄹ」取代「ㅇ」，因此「싫어요」唸作「시러요」。

原型	唸法	요型	唸法
앉다	안따	앉아요	안자요

（1）「앉다」意思是「坐」。

（2）查表後，「ㄵ」發「ㄴ」的音，因此「앉다」的正確唸法為「안따」。

（3）「앉아요」發音規則的優先順序是，先看到「아」的「ㅇ」不發音，前一個字如果有尾音要取代「ㅇ」，因此「앉아요」唸作「안자요」。

ㄺ

原型	唸法	요型	唸法
읽다	익따	읽어요	일거요

（1）「읽다」意思是「唸、讀」。

（2）查表後，「ㄺ」發「ㄱ」的音，因此「읽다」的正確唸法為「익따」。

（3）「읽어요」發音規則的優先順序是，先看到「어」的「ㅇ」不發音，前一個字如果有尾音要取代「ㅇ」，因此「읽어요」唸作「일거요」。

ㅄ

原型	唸法	요型	唸法
없다	업따	없어요	업서요

（1）「없다」意思是「沒有」。

（2）查表後，「ㅄ」發「ㅂ」的音，因此「없다」的正確唸法為「업따」。

（3）「없어요」發音規則的優先順序是，先看到「어」的「ㅇ」不發音，前一個字如果有尾音要取代「ㅇ」，因此「없어요」唸作「업서요」。

ㅆ

原型	唸法	요型	唸法
있다	읻따	있어요	이써요

（1）「있다」意思是「有」或「在（某地點）」。

（2）查表後，「ㅆ」發「ㄷ」的音，因此「있다」的正確唸法為「읻따」。

（3）「있어요」發音規則的優先順序是，先看到「어」的「ㅇ」不發音，前一個字如果有尾音要取代「ㅇ」，因此「있어요」唸作「이써요」。

原型	唸法	요型	唸法
짧다	짤따	짧아요	짤바요

（1）「짧다」意思是「短的」。

（2）查表後，「ㄼ」發「ㄹ」的音，因此「짧다」的正確唸法為「짤따」。

（3）「짧아요」發音規則的優先順序是，先看到「아」的「ㅇ」不發音，前一個字如果有尾音要取代「ㅇ」，因此「짧아요」唸作「짤바요」。

原型	唸法	요型	唸法
괜찮다	괜찬타	괜찮아요	괜차나요

（1）「괜찮다」意思是「沒關係」、「不用了」。

（2）查表後，「ㄶ」發「ㄴ」的音，而「ㅎ」遇到「ㄷ」，會使「ㄷ」改發「ㅌ」的音，因此「괜찮다」的正確唸法為「괜찬타」。

（3）「괜찮아요」發音規則的優先順序是，先看到「아」的「ㅇ」不發音，前一個字如果有尾音要取代「ㅇ」，然而當「ㅎ」遇到「ㅇ」時不發音，改由「ㄴ」取代「ㅇ」，因此「괜찮아요」唸作「괜차나요」。

唸唸看 子音＋母音＋尾音

尾音 / 子音＋母音	ㄱ	ㄴ	ㄷ
구	국	군	굳
누	눅	눈	눋
두	둑	둔	둗
루	룩	룬	룯
무	묵	문	묻
부	북	분	붇
우	욱	운	욷
수	숙	순	숟
주	죽	준	줃
추	축	춘	춛
쿠	쿡	쿤	쿧
투	툭	툰	툳
푸	푹	푼	푿
후	훅	훈	훋

ㄹ	ㅁ	ㅂ	ㅇ
굴	굼	굽	궁
눌	눔	눕	눙
둘	둠	둡	둥
룰	룸	룹	룽
물	뭄	뭅	뭉
불	붐	붑	붕
울	움	웁	웅
술	숨	숩	숭
줄	줌	줍	중
출	춤	춥	충
쿨	쿰	쿱	쿵
툴	툼	툽	퉁
풀	품	풉	풍
훌	훔	훕	훙

MEMO

회화편 會話篇

제1과 생활용어 生活會話

제2과 전화용어 電話用語

제3과 자기소개 自我介紹

제4과 관광여행 觀光旅遊

제5과 이메일 쓰기 E-mail寫作

제1과 생활용어 生活用語

1 처음 만날 때 初次見面

08

- 안녕하세요. / 안녕하십니까? 您好。／您好嗎？
- 처음 뵙겠습니다. 初次見面。
- 저는~ (이)라고 합니다. 我叫做～。
- 만나서 반갑습니다. 很高興認識您。
- 잘 부탁드립니다. 請多多指教。
- 성함이 어떻게 되세요? 請問尊姓大名？
- 연세가 어떻게 되세요? 請問您（年紀）多大呢？
- 제가 당신을 어떻게 불러야 좋을까요? 我應該如何稱呼您較好呢？

2 감사와 사과 感謝與致歉

09

- **고마워. / 고마워요. / 감사합니다.** 謝謝。

- **도와 주셔서 감사합니다.** 謝謝（您）幫忙。

  底線的詞可替換為：마중 나와 接我／배웅해 送我

- **천만에요.** 不客氣。

- **별말씀을요.** 別這麼說。

- **실례합니다.** 不好意思。

- **미안해요. / 죄송합니다.** 對不起。

- **괜찮아요. / 괜찮습니다.** 沒關係。

3 인사말 (집에서) 日常生活問候－（在家裡） 10

〈일어날 때 起床時〉

- **잘 잤니? / 잘 잤어요?** 睡得好嗎？
- **네, 잘 잤어요.** 是，睡得很好。
- **안녕히 주무셨습니까?** 您睡得好嗎？

〈외출할 때 外出時〉

- **다녀올게요.** 我出門了。
- **다녀오세요.** 請您路上小心。
- **운전 조심하세요.** 請小心開車。

〈집에 돌아올 때 回家時〉

- **다녀왔어요.** 我回來了。
- **다녀오셨습니다.** 您回來了。

〈자기 전에 睡前〉

- **잘 자요.** 晚安。
- **안녕히 주무세요.** 晚安。

4 인사말 (회사에서) 日常生活問候二（在公司） 11

- 좋은 아침입니다.　早安。
- 수고하셨습니다.　您辛苦了。
- 고생했어요.　辛苦了。
- 이만 / 그만 가 보겠습니다.　先告辭了。（或是中途離場時可使用）
- 제가 먼저 갈게요.　我先走了。
- 안녕히 가세요.　請慢走。
- 내일 또 봐요.　明天見。

5 식탁 예절 餐桌禮節

12

- 잘 먹겠습니다. 我要開動了。
- 천천히 드세요. 請慢用。
- 많이 드세요. 請多吃一點。
- 맛있게 드세요. 祝您用餐愉快。
- 잘 먹었습니다. 我吃飽了。
- 초대해 주셔서 감사합니다. 謝謝您招待。
- 와 주셔서 감사합니다. 謝謝您的光臨。

6 축하와 위로와 격려 祝賀、慰問及鼓勵 13

- **생일 (/ 생신) 축하합니다.** 祝你（／您）生日快樂。

（결혼 / 승진 / 졸업 + 축하합니다 祝賀結婚／升遷／畢業）

- **제가 한턱 낼게요.** 我請客。

- **힘드시겠어요.** 您應該很不好受。

- **유감입니다.** 真遺憾。

- **걱정하지 마세요.** 請不要擔心。

- **힘 내세요. / 파이팅!** 加油！

- **열심히 끝까지!** 堅持到底！

7 다시 만날 때 久別重逢時

14

• 오랜만이에요.	好久不見。
• 잘 지냈어요? / 잘 지내셨어요?	過得如何呢？
• 선생님은 어떠세요?	老師您過得好嗎？
• 덕분에 잘 지냈어요.	託你的福過得很好。
• 그저 그래요.	還是老樣子。
• 아주 바빠요.	非常忙碌。
• 힘들어요.	蠻辛苦的。

MEMO

제2과 전화용어 電話用語

8 부재중일 때 不在時

15

- 여보세요. 선생님 계세요? 喂。請問老師在嗎？
- 지금 안 계세요. 現在不在。
- 실례지만, 누구세요? 不好意思，請問是哪一位呢？
- 저는 지혜라고 합니다. 我（的名字）叫做智慧。
- 메모 좀 전해 주세요. 請幫我留言。
- 잠깐만요. 請稍等。
- 감사합니다. 謝謝。

9 지금 통화 괜찮으세요? 現在方便講電話嗎？ 16

- **여보세요. 개인 씨 핸드폰이죠?** 喂。是開仁小姐的手機吧？
- **네, 맞아요.** 是的，沒錯。
- **지금 통화 괜찮으세요?** 請問現在方便講電話嗎？
- **괜찮아요. 말씀하세요.** 方便。請說。
- **오늘 시간 있어요?** 今天有空嗎？
- **오늘은 약속이 있는데요.** 今天有約了。
- **그럼 주말 어때요?** 那週末有空嗎？

10 잘못 걸었을 때 打錯了

17

• 김사랑 씨 계세요?	請問金沙朗小姐在嗎？
• 그런 분 안 계세요.	這裡沒有這個人。
• 몇 번에 거셨어요?	您打幾號呢？
• 2450-8373 아니예요?	（這裡）不是2450-8373嗎？
• 잘못 걸었어요.	打錯了。
• 여기는 2450-8374예요.	這裡是2450-8374。
• 죄송합니다.	很抱歉。

11 통화중일 때 通話中

18

- 영업부 도민준 씨 부탁합니다. 請找營業部都敏俊先生。
- 지금 통화중입니다. 他現在通話中。
- 30분 후에 다시 걸어 주세요. 請30分鐘後再打來。
- 어디라고 전해 드릴까요? 我要轉達説是哪裡找呢？
- 김사랑이라고 합니다. 我叫做金沙朗。
- 전화 왔다고 전해 주세요. 請轉告他我打過電話。
- 감사합니다. 謝謝。

12 회사에 전화할 때 打電話到公司

19

- 교환: J 앤R입니다. 總機：這裡是J&R公司
- 김사랑: 영업부 부탁합니다. 金沙朗：請幫忙轉接業務部。
- 교환: 잠시만 기다리세요. 總機：請稍等。我幫您轉接。
  연결해 드리겠습니다.
- 영업부직원: 영업부입니다. 業務部職員：這裡是業務部。
- 김사랑: 이수영 씨 부탁합니다. 金沙朗：請找李洙榮先生。
- 영업부 직원: 실례지만 어디십니까? 業務部職員：請問哪裡找呢？
- 김사랑: 친구 김사랑입니다. 金沙朗：我是他朋友金沙朗。
- 영업부 직원: 잠시만 기다리세요. 이수영 씨! 친구 김사랑 씨 전화입니다. 3번입니다.
  業務部職員：請稍等。李洙榮先生，你朋友金沙朗小姐的電話。是3線。

13 기타 其它

♫20

- **오랜만에 연락하네요.** 好久沒聯絡了。
- **이렇게 늦게 전화해서 죄송합니다.** 抱歉這麼晚打給你。
- **여보세요. 거기 서울대학교입니까?** 喂。請問那裡是首爾大學嗎？
- **김 교수님 계십니까?** 請問金教授在嗎？
- **이 선생님 부탁합니다.** 請找李老師。
- **한대리와 통화할 수 있을까요?** 請問可以跟韓代理講話嗎？
- **여보세요. 영애 씨 좀 바꿔 주시겠어요?**
  喂。方便請英愛小姐接電話嗎？

〈전화를 끊을 때 掛電話時可說〉

- **面對晚輩或親近的平輩使用**
  네. / 그럼. / 끊어. / 안녕. / 잘 있어.
- **非正式場合的禮貌用語**
  네, 알겠어요. / 끊을게요.
- **面對長輩或尊重的對象時使用**
  안녕히 계세요. / 네, 그럼 먼저 끊겠습니다.

제 3 과 자기소개 自我介紹

14 입사지원서 쓰기 履歷表填寫

입사지원서

지원구분	신입 / 경력	지원부문		희망연봉	만원

성 명		한 문		영 문		사 진 (3 * 4)
주민번호	-	(만 세)		혈액형	형	
주 소	(우편번호 : -)					
전 화		H.P		E-mail		

학력사항	재 학 기 간	학 교 명	전 공	소재지	본분교	주야
	. ~ .	고등학교				
	. ~ .	대학교			본, 분	주,야
	. ~ .	대학원(석사)			본, 분	주,야

경력사항	회 사 명:		회 사 명:	
	근무기간 : ~		근무기간 : ~	
	최종직위 :		최종직위 :	
	담당업무	기간(개월)	담당업무	기간(개월)
	•	~	•	~

해외연수 유학여행	나 라		기간	~ (개월)	연수 내용	
				~ (개월)		

외국어	언어명	구사정도	TEST명	점 수
	영어	상.중.하	TOEIC	

자격면허	종 류	취득일	발령처

가족관계	관계	성명	년령	최종출신학교	직업 및 근무처	직위

기타사항	
혈액형	
신 장	cm
체 중	kg
시 력	좌 우

履歷表

志願別	新進/具備經驗	希望部門		希望待遇	萬圓

姓名		韓文		英文		照片（3 * 4）
身份證號	-	（滿　歲）		血型	型	
地址	（郵遞區號：　-　）					
電話		手機		E-mail		

學歷	在學期間	校名	主修	所在地	本/分校	日/夜校
	. ~ .	高中				
	. ~ .	大學				
	. ~ .	研究（碩士）				

經歷				
	公司名稱：		公司名稱：	
	工作期間：		工作期間	
	最終職位：		最終職位：	
	擔當職務	期間（個月）	擔當職務	期間（個月）
	•	~	•	~

海外研習/留學旅遊	國家		期間	~　（　個月）	研習內容	
				~　（　個月）		

外文能力	語言名稱	應用能力	TEST名稱	分數
	英語	上/中/下	TOEIC	

資格證照	種類	取得日期	發證單位

家人	關係	姓名	年齡	最高學歷	職業及工作單位	職位

其它項目	
血型	
身高	cm
體重	kg
視力	左眼 右眼

자기소개서

지원구분	신입 / 경력	지원부문		지원자	

성장과정	
성격 및 장단점	
지원동기	
입사 후 포부	

履歷表

志願別	新進/具備經驗者	希望部門		填寫者	
成長過程					
個性及優缺點					
動機					
抱負					

15 자기소개를 해보세요 請自我介紹看看吧！ 21

- 여러분 안녕하세요! 各位好！

- 자기소개를 하겠습니다. 我要做自我介紹。

- 저는 ______ 입니다. 我是______。

- 대만사람입니다. 我是台灣人。

- 지금 한국어를 배우고 있습니다. 現在正在學韓文。

- 회사원입니다. 我是上班族。

- 나이는 ____ 살입니다. 年齡是____歲。

- 전화번호는 ________의 ______의 ______ 입니다.
  電話號碼是 ______ – ____ – ______ 。

- Line ID는 ____________ 입니다.
  LINE帳號是__________ 。

- 이메일은 ______________ @ ______________ 입니다.
  E-mail是____________ @ ____________ 。

- 생일은 ____ 월 ____ 일이고 ______짜리입니다.
  生日是____月____日，星座是______ 。

- **취미는 ________________ 입니다.**

  興趣是________________。

- **잘 부탁드립니다.** 請多多指教。

- **감사합니다.** 謝謝。

MEMO

제4과 관광 여행 觀光旅遊

16 출국준비 出國準備

♫22

짐 싸기 打包行李

리스트

	여권		비자		
	비행기표		신용 카드		
	카메라		대만돈		
	지도		한국돈		
	여행 안내서		달러		
	옷		여행자수표		
	바지		핸드폰		
	신발		헤드폰		
	모자		시계		
	수영복		감기약		
	양말		두통약		
	치약		위장약		
	칫솔		멀미약		
	드라이기		해열제		
	면도기		반창고		
	빗		생리대		
	수건		선글라스		
	휴지		콘택트렌즈		
	우산		안경		
	계산기		필기도구		
	키		변압기		
	가방		충전기		

〈以下我們就利用清單檢查看看行李是否帶齊了嗎？〉

清單

	護照		簽證		
	機票		信用卡		
	相機		台幣		
	地圖		韓圜		
	旅遊書		美金		
	衣服		旅遊支票		
	褲子		手機		
	鞋子		耳機		
	帽子		手錶		
	泳衣		感冒藥		
	襪子		頭痛藥		
	牙膏		腸胃藥		
	牙刷		暈車藥		
	吹風機		退燒藥		
	刮鬍刀		OK繃		
	梳子		衛生棉		
	毛巾		太陽眼鏡		
	衛生紙		隱形眼鏡		
	雨傘		眼鏡		
	計算機		文具用品		
	鑰匙		變壓器		
	包包		充電器		

17 식당 餐廳

(1) 주문하기 點餐

23

- **몇 분이세요?** 請問有幾位呢？
- **두 명이에요.** 有兩名（位）。
- **여기 중국어 메뉴 있나요?** 請問有中文菜單嗎？
- **메뉴판 좀 보여 주세요.** 請讓我看菜單。
- **손님, 주문하시겠어요?** 客人，請問要點餐了嗎？
- **주문하겠습니다.** 我要點餐。
- **일 번과 팔 번 좀 주세요.** 請給我1號及8號餐。
- **이 것과 이 것을 주문하겠습니다.** 我要點這個和這個。
- **떡볶이 하나(/ 1인분) 주세요.** 請給我1份辣炒年糕。
- **저기요, 삼계탕에 파도 들어가나요?** 請問，人蔘雞湯裡面有加蔥嗎？
- **고추 넣지 말아 주시겠어요?** 請不要放辣椒好嗎？
- **그리고 여기 반찬 좀 더 주세요.** 還有請再給我一些小菜。

요리 餐點、菜餚

돌솥 비빔밥 石鍋拌飯	돈까스 日式豬排飯
삼계탕 人蔘雞	냉면 冷麵
떡볶이 辣炒年糕	부대찌개 部隊鍋
새우볶음밥 蝦仁炒飯	해물파전 海鮮煎餅

(2) 필요한 것 요구하기 索取需要的東西

24

- **티슈 좀 주세요.** 請給我面紙。

생활용품 生活用品

물수건 濕紙巾	이쑤시개 牙籤
소금 鹽	얼음물 冰水
간장 醬油	뜨거운 물 熱水
후춧가루 胡椒粉	

- **실례합니다. 포크가 있어요?** 不好意思，請問有叉子嗎？
- **접시 두 개 주시겠어요?** 可以給我兩個盤子嗎？

식기 餐具

젓가락 筷子	접시 盤子
숟가락 湯匙	포크 叉子
컵 杯子	그릇 碗
가위 剪刀	

(3) 맛 표현하기 味道的表達

25

- 너무 <u>써요</u>. 好苦。
- 국이 좀 <u>싱거워요</u>. 湯頭有點淡。
- 좀 천천히 <u>드세요</u>. 請慢慢吃。
- 사과 너무 <u>달아요</u>. 蘋果好甜。
- 된장찌개 좀 <u>짜요</u>. 大醬鍋（韓式味噌鍋）有點鹹。
- 맵지 않게 해 주세요. / 안 맵게 만들어 주세요. 請幫我做不辣的。
- 해물파전 <u>맛있어요</u>. 海鮮煎餅很好吃。

맛 口味

맵다→매워요 辣	싱겁다→싱거워요 清淡
달다→달아요 甜	느끼하다→느끼해요 油膩
시다→시어요 酸	맛있다→맛있어요 好吃／好喝
쓰다→써요 苦	맛없다→맛없어요 不好吃
짜다→짜요 鹹	

(4) 계산하기 結帳

26

- **모두 다 얼마예요?** 總共多少錢呢？
- **손님, 어떻게 계산하시겠어요?** 客人，請問要用甚麼方式結帳呢？
- **여기 신용카드로 계산 가능한가요?** 這裡可以使用信用卡嗎？
- **손님, 여기에 사인해 주세요.** 客人，請在這裡簽名。
- **현금으로 계산할게요.** 我要付現。
- **계산이 잘못 된 것 같아요.** 好像算錯了。
- **거스름 돈입니다.** 這是找您的錢。

결제방식 付款方式

현금 現金	한국돈 韓幣
신용카드 信用卡	거스름 돈 零錢
달러 美金	

補充 韓國實境圖片 27

1 계산하는 곳

結帳台（左邊₩是代表韓圜的符號）

2 11:30부터~14:00까지 從11:30至14:00為止

3 주말제외 週末除外

4 **어서 오십시오.** 歡迎光臨

5 **이곳은 자율식당입니다.** 這裡是自助式餐廳

6 **식사준비는 이곳에서 시작하세요!**

用餐準備請從這裡開始（標語下方放置餐盤，在這類型餐廳用餐皆須自行取用餐具、餐點，並於餐後要幫忙收回）

7 **셀프서비스**

（顧客）自理、自助（餐具、飲水機上方會貼有此標語，表示請顧客自己取用）

8 **금연** 禁菸

금연구역 禁菸區

9 **흡연구역** 吸菸區

(5) 기타 其他

28

- **좀 치워 주세요.** 請幫忙清理一下。
- **가지고 갈 거예요.** 我要外帶。
- **여기서 먹을 거예요.** 我要內用。
- **영수증 주세요.** 請給我收據。

18 교통 交通

29

• **명동 가는 표 한 장 주세요. 얼마예요?**
請給我一張到明洞的票。多少錢呢？

• **저기요, 여기에서 동대문시장 어떻게 가요?**
請問從這裡如何到東大門市場呢？

• **여의도 가는 버스 어디에서 타야 하나요?**
往汝矣島的公車要在哪裡搭呢？

• **어느 역에서 내려야 하나요?** 要在哪一站下車呢？

• **택시 좀 불러 주세요.** 請幫我叫計程車。

• **트렁크 좀 열어 주시겠어요?** 可以幫我開後車廂嗎？

• **아저씨, 경복궁으로 가 주세요.** 司機先生，麻煩到景福宮。
시간이 얼마나 걸릴까요? 需要多久時間呢？

• **여기에 세워 주세요.** 請在這停車。

• **서울역에 도착하면 알려 주시겠어요?**
到首爾站的話，請告訴我好嗎？

• **저기 신호등 앞에 세워 주세요.** 請在那裡的紅綠燈前停車。

표지판 標誌牌

사거리 十字路口

삼거리 三叉路

모퉁이 轉角處

역 火車站／捷運站

정류장 公車站

타는 곳 乘車處

갈아타는 곳 轉乘處

나가는 곳 / 출구 出口

표 사는 곳 購票處

노약자석 博愛座

여자 / 남자 / 장애인 화장실
女子／男子／行動不便者廁所

補充 使用Naver網站的地圖

使用Naver網站的「지도」（地圖）功能可快速取得捷運站（地鐵）乘車及當地天氣的詳細資訊

Step1

請在任何瀏覽器中輸入「Naver」進入此網頁

Step2

接著，請點選「지도」

Step3

進入「지도」頁面可見到

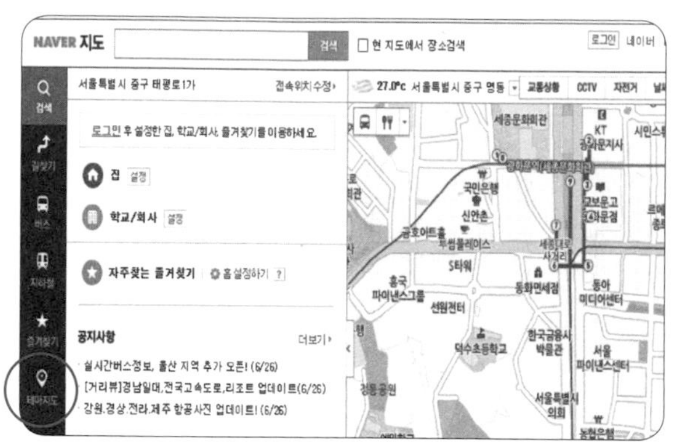

Step4

假設欲瞭解乘車路線、所需時間及費用，請點選左列的「지하철」（捷運、地鐵）

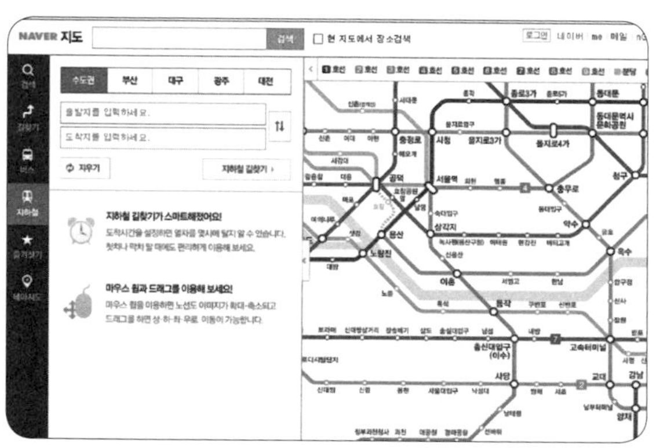

Step5

接著會看見以下畫面

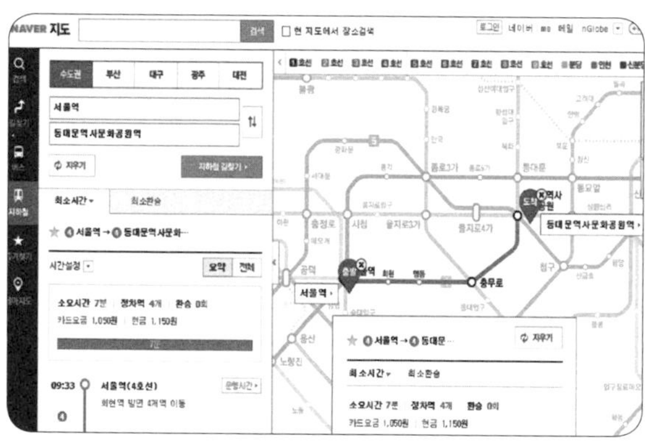

Step6

舉例，點選「서울역」（首爾站）及「동대문역사문화공원」（東大門歷史文化公園），會出現以下畫面

출발 出發

도착 抵達

최소시간 最少（所需）時間

소요시간 所需時間

정차역 （中途）停靠站

환승 轉乘（次數）

Step7

若想瞭解當地天氣概況，請先回到step3顯示的頁面並點選右上方的「날씨」（天氣）

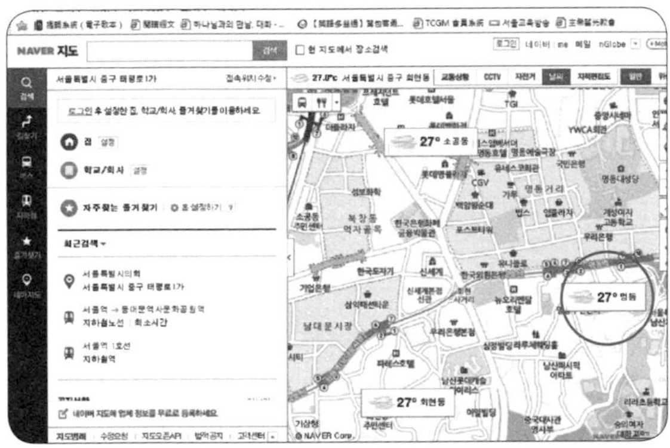

Step8

接下來可見到以下畫面，欲知更詳細的資訊，可再點選如「명동」（明洞）。

현재 現在

옅은 안개 薄霧

풍향풍속 風向及風速

강수량 降水量

화/수/목/금/토(요일)
週二、週三、週四、週五、週六

기상청 氣象廳

Step9

現在可看到明洞地區即時天氣概況

19 숙박 住宿

(1) 체크인/체크아웃 住宿與退房

30

- **체크인하려고 하는데요.** 我要辦理住宿。
- **인터넷으로 예약했습니다.** 我在網路上訂房了。
- **하루 숙박료는 얼마예요?** 一天住宿費多少錢呢？
- **트윈룸으로 주세요.** 請給我雙人房（二張單人床）。

싱글룸 單人房	온돌방 暖炕房
더블룸 一張雙人床的雙人房	

- **하루 더 묵고 싶은데요.** 我想多住一天。
- **체크아웃은 몇 시까지 해야 하나요?** 應幾點前辦理退房呢？
- **체크아웃하려고 하는데요.** 我要辦理退房。

(2) 어떤 상황 당할 때 遇到問題時

31

- **여보세요, 여기 307호실인데요.** 喂，這裡是307號房。
  방 안에 휴지 없는데요. 房間裡沒有衛生紙。

물 水	목욕 타월 浴巾
수건 毛巾	비누 香皂

- **에어컨 고장났는데요.** 空調壞了。

텔레비전 電視	변기 馬桶
리모컨 遙控器	수도꼭지 水龍頭
히터 暖氣	

- **방이 너무 추워요.** 房間太冷了。

더워요 熱	더러워요 髒

- **뜨거운 물이 안 나와요.** 沒有熱水。
- **등이 안 켜져요.** 燈無法打開。
- **키를 방에 놓고 나왔어요.** 我把鑰匙忘在房間裡了。
- **방을 바꾸고 싶어요.** 我想換房間。

20 쇼핑 購物

32

(1) 화장용품 사기 購買美粧用品

- **CC크림을 사려고 하는데요.** 我要買CC霜。
- **피부 타입이 어떻게 되세요?** 您的膚質是哪種類型呢?
- **중성이에요.** 是中性。

건성	乾性	복합성	混合性
지성	油性	민감성	敏感性

- **미백 효과가 있는 에센스 좀 추천해 주세요.**
  請幫我推薦有美白效果的精華液。
- **이거 좀 보여 주세요.** 請讓我看一下這個。
- **이거 주세요.** 請給我這個。
- **하나 더 주세요.** 請再給我一個。
- **선물용 포장해 주세요.** 請包裝成禮物。
- **이거 계산해 주세요.(같이 / 따로)** 這個請幫我結帳。（一起／分開）
- **샘플 좀 많이 주세요.(화장솜)** 請多給我一些試用品。（化粧棉）

화장품 化妝品

33

	한국어 韓文	영어 英文	중국어 中文
1	클렌징 폼	cleansing foam	洗面乳
2	클렌징 오일	cleansing oil	卸妝油
3	스킨=토너=화장수	skin / toner	化妝水
4	에센스=세럼	essence = serum	精華液
5	로션	lotion	乳液
6	수분크림	cream	水凝霜
7	아이크림	eye cream	眼霜
8	미백/보습 제품	whitening / moisturizer	美白/保濕產品
9	노화방지/주름개선 제품	anti-age / wrinkle care	抗老/除皺產品
10	여드름피부 전용 제품	acne skin	抗痘專用產品
11	모공관리 제품	pore care	緊縮毛孔產品
12	마스카라	mascara	睫毛膏
13	CC크림	CC cream	CC霜
14	매니큐어	manicure	指甲油
15	선크림=썬크림	sun cream	防曬霜
16	메이크업베이스	make-up base	隔離霜
17	파운데이션	foundation	粉底液
18	파우더	powder	蜜粉
19	트윈케익 / 콤팩트	twin cake / compact	兩用粉餅／蜜粉餅
20	볼터치 / 블러셔	ball touch / blusher	腮紅
21	아이펜슬	eye pencil	眉筆
22	아이라이너	eyeliner	眼線筆、液
23	아이섀도우	eye shadow	眼影
24	립스틱	lipstick	口紅
25	립글로스	lip gloss	唇蜜
26	립밤	lip balm	護唇膏
27	핸드크림	hand cream	護手霜
28	향수	perfume	香水
29	마스크/ 슬리핑 팩	mask / sleeping pack	面膜／晚安面膜
30	바디로션	body lotion	身體乳
31	바디 클렌저=바디워시=바디샴푸=샤워젤	body cleanser / body wash / shampoo / shower gel	沐浴乳

(2) 기타 其他

34

- **그냥 구경할 거예요.** 我只是看看而已。
- **마음에 안 들어요.** 我不喜歡。
- **마음에 들지만 너무 비싸요. 좀 깎아 주시겠어요?** 雖然喜歡，但太貴了，可以算便宜一點嗎？
- **이 상품도 세일하나요?** 這商品也有打折嗎？
- **비닐봉지도 하나 주세요.** 塑膠袋也請給我一個。
- **따로따로 담아 주시겠어요?** 請幫我分開裝好嗎？
- **이거 다른 걸로 바꾸고 싶어요.** 我想把這個換成別的。
- **이거 환불해 주세요.** 這個請幫我退費。

補充 韓國實境圖片

1 판매용 販賣用

2 정가판매 按定價販賣

3 편의점 便利商店

4 분리수거 資源回收

쓰레기통 垃圾桶	유리병 玻璃瓶
일반쓰레기 一般垃圾	캔류 鐵鋁罐
음식물 쓰레기 廚餘	플라스틱류 塑膠類
종이팩 紙類／包裝紙	

21 위급 상황 緊急情況

(1) 도와주세요 請幫助我

35

- **어디가 아프세요?** 哪裡不舒服呢？
- **도와 주세요.** 請幫助我。
- **경찰에 신고 좀 해 주시겠어요?** 麻煩幫我報警好嗎？
- **구급차 좀 불러 주세요.** 請幫我叫救護車。
- **여기 중국어 하는 분 계세요?** 這裡有人會講中文嗎？
- **가방 잃어버렸어요.** 我弄丟了包包。

신용카드 信用卡	비행기표 機票
지갑 錢包	여권 護照
디지털카메라 數位相機	

(2) 증상 말하기 症狀說明

36

- 머리가 너무 아파요. 頭很痛。
- 여기 다쳤어요. 這裡受傷了。
- 여기 부었어요. 這裡腫起來了。
- 토하고 싶어요. 想吐。
- 어지러워요. 很暈。
- 소화가 안 돼요. 消化不良。
- 콧물이 나요. 流鼻水。
- 열이 나요. 發燒。
- 기침을 해요. 咳嗽。
- 설사를 해요. 拉肚子。

신체의 각 부위 身體部位

머리 頭	어깨 肩膀
눈 眼	가슴 胸
귀 耳	등 背
코 鼻	팔 手臂
입 口	손 手
목 喉嚨／脖子	손가락 手指

배 肚子	무릎 膝蓋
위 胃	발 腳
허리 腰	발가락 腳趾
다리 腿	엉덩이 臀

(3) 약을 사기 買藥

37

• **두통약 좀 주세요.** 請給我頭痛藥。

약품 藥品

진통제 止痛藥	식염수 生理食鹽水
생리통약 生理痛藥	안약 眼藥水
수면제 安眠藥	반창고 OK繃
지사제 止瀉藥	해열제 退燒藥
렌즈약 隱形眼鏡藥水	

제5과 이메일 쓰기 E-mail寫作

22 안부, 인사 寒暄、問候

- 요즘 일은 바쁘십니까? 您最近工作忙嗎？
- 사장님께 안부 전해 주십시오. 請幫我向社長問候。
- 올해에도 많은 관심 부탁드립니다. 今年也請您多關照。
- 메일 기다리겠습니다. 等待您的回信。
- 답장을 주시기 바랍니다. 希望您能回信。
- 곧 답장 주십시오. 請您立即回覆。
- 즐거운 하루 되세요. 祝您有愉快的一天。
  底線的詞可替換為：여행 祝您旅途愉快。
- 즐거운 주말 보내세요. 願您度過愉快的週末。
- 이메일을 받으시면 제게 알려 주십시오.
  您收到信的話，請與我聯絡。
- 그럼 이만 줄이겠습니다.
  또 연락 드리겠습니다. 那麼先說到這，再聯絡。

22 감사 感謝

- **대단히 감사합니다.** 萬分地感謝您。

- **진심으로 감사 드립니다.** 向您表達由衷的感謝。

- **빠른 답장 감사합니다.** 感謝您迅速地回覆。

- **양해해 주셔서 감사합니다.** 感謝您的諒解。

- **지난 번에 초대해 주셔서 감사합니다. 다음에 대만에 오시면 저희가 초대하겠습니다.**
  感謝您上回的招待。下回您來台灣的話，由我們招待您。

- **여러 가지로 도움을 주셔서 감사합니다.**
  非常感謝您各方面的幫助。

- **문의해 주셔서 감사합니다.** 感謝您的詢問。

24 사과 道歉

- **양해해 주십시오.** 請您諒解。
- **폐를 끼쳐 드렸습니다.** 給您添麻煩了。
- **귀찮게 해 드려 죄송합니다.** 抱歉讓您費心了。
- **불편을 드려 죄송합니다.** 抱歉給您帶來不便。
- **불편하게 해 드렸다면 죄송합니다.** 若對您造成不便很抱歉。
- **답장이 늦어져서 죄송합니다.** 抱歉回覆晚了。
- **좀 급하게 처리해야 할 일이 생겨서 늦게 회신을 드려 죄송합니다.**
  因為突然有急事要處理，延遲回覆很抱歉。

25 기타 其他

- **메일이나 전화로 연락 주십시오.** 請用mail或電話和我聯絡。

- **결정하시고 메일로 연락 주십시오.** 請您決定後用mail告知。

- **가능한 시간에 연락 주십시오.** 請您方便時與我聯絡。

- **이번 주 금요일까지 답장을 주십시오.**

  請於本週五前回信。

- **제 핸드폰 번호가 바뀌었음을 알려 드립니다.**

  來信告知您我的手機號碼已變更。

- **이제는 (886)918-033-717로 연락 주십시오.**

  現在請以(886)918-033-717聯絡我。

- **새로운 전화번호는 (886)918-033-717입니다.**

  新的電話號碼是(886)918-033-717。

- **제 이메일 주소가 iloveG777@gmail.com로 바뀌었습니다.**

  我的電子信箱已改為iloveG777@gmail.com。

- **향후 아래 주소로 보내 주십시오.**

  今後請以下方地址與我聯繫。

- **주소록에 있는 제 메일 주소를 변경해 주시기 바랍니다.**

  希望您將通訊錄中我的電子信箱做變更。

26 명절 인사하기 佳節祝賀致意

- **스승의 날 축하 드립니다.** 祝您教師節快樂。

- **건강하세요.** 請您要健康。

- **풍성한 한가위 되세요.** 願您度過豐盛的中秋佳節。

- **즐거운 추석 보내세요.** 願您度過愉快的中秋節。

- **메리크리스마스.** 聖誕快樂。

- **새해 복 많이 받으세요.** 新年快樂。

- **지난 한 해 동안 따뜻한 은혜에 감사 드립니다.**
  感謝您過去一年來溫暖的照顧。

- **올해에도 사업의 발전과 가정에 행운이 가득하길 기원합니다.**
  願您今年也能事業亨通、家庭幸福美滿。

- **새해에도 건강하시고 하시는 모든 일이 이루어지길 기원합니다.**
  願您在新的一年也健康、心想事成。

- **어버이의 은혜에 감사 드립니다. 그리고 사랑합니다.**
  向父母的恩惠獻上感謝。還有我愛您。

MEMO

MEMO

부록 附錄

1. 숫자 數字
2. 이메일 E-MAIL
3. 월 月
4. 일 日
5. 요일 星期
6. 별자리 星座
7. 취미 興趣
8. 직업 職業

1. 숫자 數字

共21個，包括10個基本母音及11個複合母音。

（1）漢字數字

補充說明

在表達韓文金錢數量時，只有1元會用到「일」원，二位數以上的數字如10元是십원而非일십원，100元是백원，1000元則是천원，以此類推。

關於年齡

如果有初次見面的韓國人向你詢問年齡，請別見怪！因為韓國人希望用正確的尊敬或禮貌語尾來與人交談的關係。

（2）固有詞數字

영 0	하나 / 한 1	둘 / 두 2	셋 / 세 3
넷 / 네 4	다섯 5	여섯 6	일곱 7
여덟 8	아홉 9	열 10	스물 / 스무 20
서른 30	마흔 40	쉰 50	예순 60
일흔 70	여든 80	아흔 90	

補充說明

關於韓文數字的唸法請注意下列幾點：

1. 唸韓文數字1～4時，上表斜線右邊的한 / 두 / 세 / 네是和量詞搭配時用的數字，例如，三隻熊的韓文是곰（熊） 세（三） 마리（隻）。而左側的하나 / 둘 / 셋 / 넷主要是用於數數時，如綜藝節目中玩遊戲時會一起數하나、둘、셋、넷……。
2. 另外數字20比較特別，右側的스무是正好數字為20時，和量詞搭配，使用於單位前，例如，20隻熊的韓文是곰（熊） 스무（二十） 마리（隻）。而數字21～29開頭的2～則皆要用左側的스물。例如，22歲的韓文為스물두살。

2. 이메일 E-mail

한국어 韓文	영어 英文	중국어 中文
골뱅이	小老鼠	@
점 / 닷	點	.
밑줄	底線	a_b
하이픈	連字符號（hyphen）	a-b

3. 월 月

일월 一月	이월 二月	삼월 三月	사월 四月
오월 五月	유월* 六月	칠월 七月	팔월 八月
구월 九月	시월* 十月	십일월 十一月	십이월 十二月

補充說明

數字6的韓文是육，只有在表示六月時寫成「유」월，還有數字10是십，只有在表示十月時寫成「시」월。

4. 일 日

일 1	이 2	삼 3	사 4	오 5
육 6	칠 7	팔 8	구 9	십 10
십일 11	십이 12	십삼 13	십사 14	십오 15
십육 16	십칠 17	십팔 18	십구 19	이십 20
이십일 21	이십이 22	이십삼 23	이십사 24	이십오 25
이십육 26	이십칠 27	이십팔 28	이십구 28	삼십 30
삼십일 31				

（以上為漢字數字1~31，需在其後加上「일日」，例如「1日」即「일일」）

5. 요일 星期

일요일（日曜日） 星期日	월요일（月曜日） 星期一
화요일（火曜日） 星期二	수요일（水曜日） 星期三
목요일（木曜日） 星期四	금요일（金曜日） 星期五
토요일（土曜日） 星期六	일요일（日曜日） 星期日

補充說明

背誦星期的口訣從週日至週六為「日月火水木金土」。

6. 별자리 星座

물병자리
水瓶座

물고기자리
雙魚座

양자리
牡羊座

황소자리
金牛座

쌍둥이자리
雙子座

게자리
巨蟹座

사자자리
獅子座

처녀자리
處女座

천칭자리
天秤座

전갈자리
天蠍座

사수자리
射手座

염소자리
白羊座

7. 취미 興趣

中文	韓文原型	+는 것（使動詞名詞化）
學韓文	한국어 배우다	한국어 배우는 것
學外文	외국어 배우다	외국어 배우는 것
學日文	일본어 배우다	일본어 배우는 것
聽音樂	음악 듣다	음악 듣는 것
看電影	영화 보다	영화 보는 것
看韓劇	한국드라마 보다	한국드라마 보는 것
拍照	사진 찍다	사진 찍는 것
閱讀	책 읽다	책 읽는 것
散步	산책하다	산책하는 것
運動	운동하다	운동하는 것
旅遊	여행하다	여행하는 것
購物	쇼핑하다	쇼핑하는 것
打電腦	컴퓨터하다	컴퓨터하는 것
跳舞	춤 추다	춤 추는 것
彈鋼琴	피아노 치다	피아노 치는 것

8. 직업 職業

（1）학생 學生

유치원 幼稚園	유치원생 幼稚園生
초등학교 小學	초등학생(일학년~육학년) 小學生（一到六年級）
중학교 國中	중학생(일학년~삼학년) 國中生（一到三年級）
고등학교 高中	고등학생(일학년~삼학년) 高中生（一到三年級）
대학교 大學	대학생(일학년~사학년) 大學生（一到四年級）

補充說明

（這句如下面例句般先放高中或大學，再放數字 1～6 表達年級）

저는 ＿＿＿＿＿（학교）＿＿＿ 학년입니다. (일 / 이 / 삼 / 사 / 오 / 육)

我是 ＿＿＿＿＿ 學校 ＿＿＿＿ 年級。（1／2／3／4／5／6）

例：저는 고등학교 일학년입니다. 我是高一學生

注意：「학년」的發音為「항년」；「일학년」的發音唸成「이랑년」。

（2）職場人士

회사원 上班族	변호사 律師	요리사 廚師
선생님 老師	은행원 銀行員	회계사 會計師
의사 醫師	점원 店員	판매원 銷售人員
간호사 護士	경찰 警察	

文法索引

MEMO

韓語子音母音組合表

母音＼子音	ㄱ	ㄴ	ㄷ	ㄹ	ㅁ	ㅂ	ㅅ	ㅇ	ㅈ
ㅏ	가	나	다	라	마	바	사	아	자
ㅑ	갸	냐	댜	랴	먀	뱌	샤	야	쟈
ㅓ	거	너	더	러	머	버	서	어	저
ㅕ	겨	녀	뎌	려	며	벼	셔	여	져
ㅗ	고	노	도	로	모	보	소	오	조
ㅛ	교	뇨	됴	료	묘	뵤	쇼	요	죠
ㅜ	구	누	두	루	무	부	수	우	주
ㅠ	규	뉴	듀	류	뮤	뷰	슈	유	쥬
ㅡ	그	느	드	르	므	브	스	으	즈
ㅣ	기	니	디	리	미	비	시	이	지
ㅐ	개	내	대	래	매	배	새	애	재
ㅒ	걔	냬	댸	럐	먜	뱨	섀	얘	쟤
ㅔ	게	네	데	레	메	베	세	에	제
ㅖ	계	녜	뎨	례	몌	볘	셰	예	졔
ㅘ	과	놔	돠	롸	뫄	봐	솨	와	좌
ㅙ	괘	놰	돼	뢔	뫠	봬	쇄	왜	좨
ㅚ	괴	뇌	되	뢰	뫼	뵈	쇠	외	죄
ㅝ	궈	눠	둬	뤄	뭐	붜	숴	워	줘
ㅞ	궤	눼	뒈	뤠	뭬	붸	쉐	웨	줴
ㅟ	귀	뉘	뒤	뤼	뮈	뷔	쉬	위	쥐
ㅢ	긔	늬	듸	릐	믜	븨	싀	의	즤

表格中紅字表示該字不出現在現代韓文中。

ㅊ	ㅋ	ㅌ	ㅍ	ㅎ	ㄲ	ㄸ	ㅃ	ㅆ	ㅉ
차	카	타	파	하	까	따	빠	싸	짜
챠	캬	탸	퍄	햐	꺄	땨	뺘	쌰	쨔
처	커	터	퍼	허	꺼	떠	뻐	써	쩌
쳐	켜	텨	펴	혀	껴	뗘	뼈	쎠	쪄
초	코	토	포	호	꼬	또	뽀	쏘	쪼
쵸	쿄	툐	표	효	꾜	뚀	뾰	쑈	쬬
추	쿠	투	푸	후	꾸	뚜	뿌	쑤	쭈
츄	큐	튜	퓨	휴	뀨	뜌	쀼	쓔	쮸
츠	크	트	프	흐	끄	뜨	쁘	쓰	쯔
치	키	티	피	히	끼	띠	삐	씨	찌
채	캐	태	패	해	깨	때	빼	쌔	째
챼	컈	턔	퍠	햬	꺠	떄	뺴	썌	쨰
체	케	테	페	헤	께	떼	뻬	쎄	쩨
쳬	켸	톄	폐	혜	꼐	뗴	뼤	쎼	쪠
촤	콰	톼	퐈	화	꽈	똬	뽜	쏴	쫘
쵀	쾌	퇘	퐤	홰	꽤	뙈	뽸	쐐	쫴
최	쾨	퇴	푀	회	꾀	뙤	뾔	쐬	쬐
춰	쿼	퉈	풔	훠	꿔	뚸	뿨	쒀	쭤
췌	퀘	퉤	풰	훼	꿰	뛔	쀄	쒜	쮀
취	퀴	튀	퓌	휘	뀌	뛰	쀠	쒸	쮜
츼	킈	틔	픠	희	끠	띄	쁴	씌	쯰

國家圖書館出版品預行編目資料

SMART商務旅遊韓語：從零開始，聽說讀寫一本通 / 黃慈嫺著
--初版--臺北市：瑞蘭國際,20140.08
144面；19 x 26公分 --（外語學習系列；13）
ISBN：978-986-5953-83-6（平裝附光碟片）
1.韓語 2.發音 3.會話

803.289 103014499

外語學習系列 13

SMART 스마트 商務旅遊韓語

從零開始，聽說讀寫一本通

作者、攝影｜黃慈嫺
責任編輯｜潘治婷、王愿琦．校對｜黃慈嫺、潘治婷、王愿琦

韓文錄音｜全惠琳、金世龍．錄音室｜采漾錄音製作有限公司
封面、版型設計、內文排版｜余佳憓
封面插畫｜宋承軒．內文插畫｜Rebecca、Ruei Yang．印務｜王彥萍

董事長｜張暖彗．社長兼總編輯｜王愿琦
主編｜王彥萍．主編｜葉仲芸．編輯｜潘治婷．美術編輯｜余佳憓
業務部副理｜楊米琪．業務部專員｜林湲洵．業務部助理｜張毓庭

出版社｜瑞蘭國際有限公司．地址｜台北市大安區安和路一段104號7樓之1
電話｜(02)2700-4625．傳真｜(02)2700-4622．訂購專線｜(02)2700-4625
劃撥帳號｜19914152 瑞蘭國際有限公司．瑞蘭網路書城｜www.genki-japan.com.tw

總經銷｜聯合發行股份有限公司．電話｜(02)2917-8022、2917-8042
傳真｜(02)2915-6275、2915-7212．印刷｜宗祐印刷有限公司
出版日期｜2014年08月初版1刷．定價｜330元．ISBN｜978-986-5953-83-6

瑞蘭國際

瑞蘭國際

瑞蘭國際

瑞蘭國際